쓰는 것만으로 위로가 되는
식물의 말

notice.

 신주현 시인의 문장들

 정진 정신과 의사의 문장들

신주현(아피스토)

시인. 2011년 《시와시학》을 통해 시로 등단하였으며, 일러스트레이터와 에세이스트로 활동하고 있다. 식물을 키우면서 만난 사람들의 이야기를 담은 산문집 《처음 식물》을 펴냈다. 아이패드로 식물 그리기를 좋아하여, 식물책 《글로스터의 홈가드닝 이야기》 《테라리움 잘 만드는 법》 등의 식물 일러스트를 맡기도 했다. 이 작업물들을 모아 일러스트 전시 〈녹색소음〉 〈그리고, 그린〉 전을 개최하였다.

식물 키우기는 정적인 공간에서 이루어지는 가장 동적인 활동으로 여기고 있다. 식물을 통해 많은 관계를 맺을 수 있었던 이유는 유튜브 '논스톱 식물집사 아피스토TV'를 시작하면서부터다. 현재 1만 5천 여 명의 구독자가 이 채널을 통해 다양한 식물 정보와 이야기를 공유하고 있다. 채널을 운영하면서 만난 사람들이 식물집사 생활의 가장 큰 자산이다. **인스타그램** @apistotv **유튜브** @apistotv

정진

정신건강의학과 전문의. 어려서는 큰 꿈 없이 예민하고 불안이 높아 하루하루 걱정을 달고 사는 아이였다. 연약함과 소심함을 세심함과 영민함으로 헤아려준 분들 덕에 정신건강의학과 의사가 되었다. 수원 정진정신건강의학과 원장으로 활동하면서, 소아청소년부터 성인에 이르기까지 병원을 아껴주는 이들과 함께 삶을 배우고 있다. 진단이라는 틀에 갇히지 않고 유연한 마음으로 진료를 보겠다는 가치를 실천하기 위해 노력하고 있으며, 최근 심리도식치료에 매료되어 더 깊이 공부하고 있다.

동국대학교 의과대학을 졸업하고 동 대학원에서 석사학위를 취득하였으며, 동국대학교 일산병원 정신건강의학과 전공의를 거쳐 오은영소아청소년클리닉 부원장을 역임하였다. 옮긴 책으로는 《수용전념치료의 혁신, 매트릭스 1, 2》 《치료관계의 혁신, 기능분석정신치료》 《수용전념치료의 확장, 가치의 예술과 과학》 《임상대화의 달인 되기》 등이 있으며, 국악FM 〈오정해가 전하는 엄마의 국악 달강달강〉에서 '세상의 모든 육아법' 코너를 진행하였다.

마음을 회복하는 자연 필사 100일 노트

쓰는 것만으로 위로가 되는
식물의 말

신주현(아피스토) · 정진 지음

미디어샘

식물의 말에 기대어
자연을 품는 법

20대의 어느 날이었습니다. 한 신문 기사에서 소설 《외딴 방》을 쓴 신경숙 작가의 인터뷰를 읽게 되었습니다. 그는 고등학교 시절, 조세희의 《난장이가 쏘아올린 작은 공》을 필사하며 고통스러운 시간을 통과할 수 있었다고 말했습니다.

저는 그때 처음 '누군가의 글도 필사를 할 수 있구나' 하고 생각했습니다. 한편으로는 '내가 왜 그 생각을 못했지?' 하며 뒤늦은 깨달음에 안타까워 했습니다. 그날로 저는 좋아하는 시인들의 시집을 꺼내놓고 한 권씩 필사를 하기 시작했습니다.

시집을 한 권 한 권 필사할수록 새로운 경험이 되었습니다. 눈으로 작품을 읽었을 때와는 전혀 다른 세계가 펼쳐졌기 때문입니다. 시인의 언어와 리듬이 고스란히 손끝에 스미는 듯했습니다. 시인의 감각이 가슴에 꾹꾹 새겨지는 듯했습니다. 필사란 글자를 따라 쓰는 것이 아니라, 글쓴이의 세계를 가까운 거리에서 바짝 뒤따라 걸을 수 있는 가장 좋은 방법이라는 것을 알았습니다. 저는 그렇게 시인들의 언어를 필사하며 질풍노도의 20대를 통과했습니다.

시간이 흘렀습니다. 그 사이 저는 식물이 들려주는 언어를 좋아하게 되었습니다. 식물의 언어에 귀를 기울이다보면 가끔 시인의 언어와 닮았다는 생각이 들곤 합니다. 그들은 말이 없지만 언제나 저에게 많은 이야기를 들려주었습니다. 꽃을 피우면서 봄의 서정을 이야기했고, 하루가 다르게 성장하는 잎을 보여주며 여름의 열정을 노래했습니다. 낙엽이 떨어질 때는 미련은 버리라고 말하는 듯했습니다. 월동의 계절이 돌아오면 그들은 수행자처럼 고요함 속으로 들어갔습니다.

이미 수 세기 전부터 많은 이들이 자연을 통해 인간의 삶을 들여다보았습니다. 그들이 자연을 보고 느끼며 한 말들은 시대와 환경을 초월했습니다. 시간은 흘러도 자연은 그 자리에 있다는 것을 반증하는 것이겠지요.

자연에 대해 자신만의 감상을 남긴 이들은 그야말로 다양합니다. 멀게는 히포크라테스부터 가깝게는 가수 이효리까지, 그리고 무심코 지나가는 영화 대사나 고전 속에서도 자연을 통해 삶을 통찰합니다. 그들이 사유한 말은 한 줄 문장이 전부지만, 그 문장 안에는 식물이 우리에게 알려주고 싶은 메시지가 고스란히 담겨 있습니다.

촌철살인의 짧은 문장은 모든 의미를 담기도 하지만, 가끔은 좀더 그의 이야기를 듣고 싶을 때도 있습니다. 오드리 헵번은 "꽃은 회복을 알아요"라고 말했습니다. 만약 그가 말을 더 이어나갔다면 무슨 말을 했을까 궁금했습니다.

저는 그가 남긴 말을 이렇게 이어보았습니다. "꽃은 피었다가 지는 게 아니라, 지고 나면 또 피고, 지면 다시 피는 거예요"라고 말이지요. 제가 이 책을 쓰게 된 이유입니다. 저는 식물의 말에 기대어 그들이 전한 말을 이어 썼습니다. 그러니 그 말들은 유명인의 말을 상상했다기보다 식물의 언어를 상상했다는 편에 가깝습니다.

🌱

20대 때 제가 시집을 필사하며 내면의 혼란함을 잠재우고 무사히 통과했던 것처럼, 식물의 말을 필사한다면 자연이 주는 평온함을 온전히 손끝으로 전달받을 수 있지 않을까요?

그래서 이 책에 옮긴 식물의 말은 걸림이 없고 발음하기도 쉽습니다. 물 흐르듯 따라 쓸 수 있습니다. 그런 언어들을 채 치듯 걸러내어 받아 적었습니다. 어려운 문장과 낯선 말보다 익숙하고 편한 말들을 찾아내어 쓸 수 있도록 했습니다. 나열된 많은 단어를 따라 쓰기보다 행과 행 사이, 단어와 단어 사이의 여백을 느끼면서 천천히 필사해보세요.

저는 이것을 자연을 필사하는 것, '자연 필사'라 부르고 싶습니다. 자연을 가까이서 볼 수 없다면, 이 책에 담긴 자연을 품은 문장들을 따라 써보시길 바랍니다. 그것만으로도 자연이 주는 심신 안정의 효과를 누릴 수 있을 것입니다. 제가 쓴 문장 아래에는 정신건강의학과 전문의 정진 선생님의 따뜻한 메시지가 적혀 있습니다. 언제나 지친 마음을 독려하고 다독여주는 그의 성정이 고스란히 담긴 말들 역시 필사를 하는 독자 여러분께 큰 힘이 되리라 믿습니다.

필사하는 문장들 사이사이에는, 일상에서 마주한 식물과 자연에 대한 아홉 편의 산문을 담았습니다. 글을 따라 적다 문득 멈춘 자리에서, 마음이 쉬어가길 바랍니다.

우리가 잠든 사이에
꽃들은 애쓰고 있었구나

저는 어린 시절, 저에게 닥친 어려움이나 우울함, 불안함 같은 부정적인 감정이 싫었어요. 어떻게 하면 그것을 피할 수 있을지 고민했지요. 하지만 지금껏 살아오며 어렴풋 깨달은 것이 있다면 삶은 고통(suffering)을 서핑(surfing)하는 과정이라는 것입니다.

행복은 혼자여도 좋고 함께하면 더 좋습니다. 하지만 우울함과 무기력함은 달라요. 이것은 오로지 혼자만의 것이거든요. 그러기에 힘이 빠지고 절망이 엄습해올 때 사람은 자기 안에 갇혀버리고 맙니다. 점차 원래의 움직임을 잊고 나만의 생각 속으로 침잠하지요. 어떠한 가능성도 다 잃어버린 채 스스로의 지옥에 빠져 허덕이게 됩니다.

제게도 그런 일이 있었어요. 느닷없이 찾아온 우울로 '나'를 챙기지 못하면서 스스로를 좀먹는 듯한 감정이 지속되었지요. 내가 딛고 있는 땅을 알아차리지 못하고, 계절 따위도 느끼지 못했습니다. 마치 사막에 던져진 조각난 크래커처럼 이 세상에서 차츰 희미해지는 느낌이었달까요.

어느 겨울이었어요. 똑같은 일상 속에서 문득 사무실 창 밖에 서 있는 나무 한 그루를 보았습니다. 아름답지도 화려하지도 않은, 밤이고 낮이고 늘 그 자리에 서 있는 흔한 가로수였지요. '나무는 얼마나 지겨울까. 늘 같은 장면만 보잖아.' 처음에는 이런 생각을 하다가 어느 날에는 '나무도 힘들지 않을까? 나무는 즐거울까, 행복할까?' 하는 생각도 들었어요. 그러다 어느 날, 저는 그만 그 나무를 보며 주저앉아 한참을 울어버리고 말았습니다. 그제야 저는 '고통'이라는 나만의 이야기 속에 갇혀 세상을 외면하고 있다는 것을 깨달았습니다. 그때야 비로소 계절은 변하고 있고, 나무는 매일매일 살아가고 있다는 걸 알아차렸어요.

나무는 순리대로 조금씩 봄을 준비하고 있었습니다. 죽은 듯 서 있던 갈

색의 나무는 조금씩 물기를 머금으며 밝아졌습니다. 무엇보다 새싹이 돋아나고 있었어요. 나무가 저에게 말했습니다. "여기 좀 봐! 또 봄이 온단다. 겨울 동안 나 잘 버텼지? 이제 나는 또 다른 봄을 준비하고 있어." 나무는 세찬 바람과 감당할 수 없을 만큼의 눈, 비를 받아내고 있었지만, 자신의 뿌리를 땅에 내린 채 삶을 지탱하고 있었어요.

'아, 나만 견디고 있는 게 아니었구나. 너도 나처럼 살아내고 있었구나. 담담히 계절을 겪어내고 있었구나.' 추위는 결국 지나가고 다시 따뜻한 봄이 온다는 것을 나무는 알고 있었던 거예요. 잎이 떨어지고 가지가 흔들려도 다시 잎을 피워내고 가지는 튼튼해질 수 있다는 걸요. 나무는 과거를 사는 것이 아니라 다가올 미래를 위해 살고 있었던 거예요. 그래서 나무는 너무 좌절하지도, 너무 행복해하지도 않으며 담담하게 생을 다하고 있었던 거죠. 그리고 그 나무는 묵묵히 늘 내 곁에 함께 있어주었던 거고요.

그날 이후로 저도 조금씩 봄처럼 깨어날 준비를 했습니다. 소소하게나마 아침을 반갑게 맞았고, 나만의 루틴을 밟아가며 다시 푸르러지기 위해 움직였어요.

요즘은 집 앞 공원 풍경이 눈에 들어옵니다. '아, 눈부시게 환하고 눈부시게 밝구나.' 봄이 펼쳐내는 자연의 향연을 알아차리고 있어요. 내가 잠든 사이에도 꽃과 나무는 애쓰고 있고, 자기만의 모습을 만들어갑니다. 자연은 성장통을 겪으며 순환하고 있어요. 다시는 오지 못할 오늘을, 꽃과 나무, 그리고 자연은 어떤 두려움도 후회도 걱정도 없이 마음껏 누리고 있는 것이지요. 그러기에 저 역시 꽃과 나무의 웃음 소리를 함께 만끽하고 있습니다.

이 책은 저를 일으켜 세운 나무 한 그루의 말처럼, 식물의 언어로 가득한 책입니다. 식물과 자연의 목소리에 귀 기울여 삶의 방향을 찾은 예술가와 사상가, 그리고 다양한 분야에서 세상을 바꾼 사람들의 말을 따라 써보는 책이에요. 그 말들은 신주현 시인이 재해석하여 '자연 필사'에 어울리는 언어로 새롭게 엮어냈고, 저는 그 식물의 말에 해설을 덧붙였습니다.

실제로 자연을 보는 것뿐 아니라, 자연에 대한 글을 쓰는 행위만으로도 마음이 평온해지고 삶의 만족도는 올라간다는 연구 결과가 있습니다. 또한 긍정의 언어로 가득한 식물의 이야기를 필사하는 것만으로도 정신 건강에 도움을 주지요. 손으로 글씨를 쓰는 행위는 뇌의 여러 부위를 동시에 자극하여, 기억력과 집중력, 감정 조절에 관여하는 뇌 기능을 더 활발하게 만들어줍니다. 이렇게 단순히 따라 쓰는 것만으로도 삶에 좋은 영향이 된다니 꽤 좋은 취미인 셈이에요.

이 책으로 여러분에게 자연 필사의 힘이 가슴에 스며들기를 바랍니다. 혹여 길을 잃었다면, 이 책에서 숨 쉬고 인내하는 자연의 본성을 잊지 않고 따라 쓰면서 다시 피어나보세요.

Contents

Monet in This Book

Claude Monet, *Impression, Sunrise*, 1872, Oil on canvas, 48×63cm, Musée Marmottan Monet, Paris 034 | Claude Monet, *Wheat Field*, 1881, Oil on canvas, 65.7×82cm, Museum Barberini 070 | Claude Monet, *Spring (Fruit Trees in Bloom)*, 1873, Oil on canvas, 62.2×100.6cm, The Metropolitan Museum of Art 106 | Claude Monet, *Le Bassin aux nymphéas*, 1917-1919, Oil on canvas, 100×200cm, Private Collection 142 | Claude Monet, *Palm Trees at Bordighera*, 1884, Oil on canvas, 64.8×81.3cm, The Metropolitan Museum of Art 178 | Claude Monet, *The Seine at Giverny*, 1897, Oil on canvas, 81.5×100.5 cm, National Gallery of Art 214 | Claude Monet, *Meadow at Giverny, Morning Effect*, 1888, Oil on canvas, 50×82 cm, Private Collection 250 | Claude Monet, *Landscape: The Parc Monceau*, 1876, Oil on canvas, 59.7×82.6cm, The Metropolitan Museum of Art cover image

verse. one 피어오른 식물의 말들

verse. two 글자 사이로 스며드는 빛

verse. three 나무의 그 따뜻한 말 한 마디

"저는 요즘 매일매일 기다리고 있습니다. 꽃을 기다리고 있습니다. 참으로 오랜만에 예측할 수 없는 기다림을 경험하고 있습니다. 늦게라도 꽃이 핀다면 기다린 보람이 있을 것입니다. 지금 같아서는 꽃을 기다리다가, 결국 봉오리가 전부 떨어져도 괜찮을 것 같습니다. 그래도 낭만적일 것입니다."

— 〈꽃을 ㄱㅣㄷㅏㄹㅣㄱㅣ〉 중에서

verse. one

피어오른 식물의 말들

꽃을 기ㄷ ㅏ ㄹ1기

    요즘 인터넷으로 물건을 살 때 가격보다 먼저 보는 것이 있습니다. 바로 배송예정일입니다. 예전에는 오늘 주문을 하면 다음 날 도착하는 것도 신박했습니다. 하지만 이제는 밤 12시 전에 주문을 하면, 다음 날 새벽에 물건을 받는 것도 익숙합니다. '총알'이나 '로켓'이 붙지 않으면 배송이 느리다고 생각할 지경이지요. 이러다가 조만간 새벽배송도 못 기다리는 것 아닌가 싶습니다. 주문을 하자마자 1시간 이내에 도착하는 드론 배송이나 라이더 배송이 생기지 말라는 법도 없으니까요.

한편으로는 제가 기다림을 견디지 못하도록 길들여진 것도 있을 것입니다. 문제는 제가 '배송의 기다림'만 없어진 것이 아니라는 데 있습니다. 사람을 기다리는 일도 없어졌어요. 약속 시간보다 조금 늦는 친구에게서 "나 10분 늦어" 하고 문자를 받으면, 저는 그때부터 그를 기다린다고 생각하지 않게 됩니다.

'약속시간이 10분 미뤄졌군' 하며 인스타그램의 새로고침을 연신 잡아당기며 새 피드를 들여다봅니다. 10분쯤이야 '순삭'이지요. 그러고보면 '바람을 맞는' 것도 고릿적 얘기가 되어버린 것입니다. '너'를 기다리다 기다리다 기다리다 결국, 기다리던 '네'가 오지 않아 터덜터덜 집으로 발길을 돌리는 일은 차라리 낭만에 가까워졌습니다. 가까운 사이라면 위치 추적이라도 해서 어디쯤 오고 있는지 알 수 있을 테니까요.

이제는 문자 메시지를 보내놓고 답 문자가 올 때까지 기다리는 일도 답답하기만 합니다. 문자 메시지는 상대가 읽었는지 안 읽었는지 알 수가 없기 때문입니다. 그래서 문자 메시지 대신 카톡을 보내놓으면 '1'이 없어졌는지 바로 확인할 수가 있으니 기다림은 절반으로 줄어듭니다.

SNS에 실시간으로 인증샷을 올리는 일도 마찬가지입니다. 지금이 아니면 타이밍 놓친 피드로 전락할 것이 뻔하기 때문입니다. 기다릴 여유가 없습니다. 기다려도 안 되지요. 지금 바로 피드를 올려야 '생생한 정보'가 됩니다. 음, 이쯤되니 저는 '참을성 없는 가벼운 존재'임에 틀림없어 보입니다.

며칠 전, 집으로 의문의 택배 상자가 하나 배송되었습니다. 기다린 적이 없는 택배는 언제나 반갑습니다. 상자를 열어보니 그 안에는 동백나무 절화가 한 아름 담겨 있습니다. 봉오리가 열리지 않은 꽃이 야무지게 가지에 달려 있었습니다. 잊을 만하면 꽃을 보내오는 아내의 오랜 친구가 이번에는 동백나무를 보내온 것입니다. 작은 화병에는 꽂기도 힘들 만큼 풍성합니다.

그날 이후로 저에게는 새로운 루틴이 생겼습니다. 아침마다 동백꽃이 피었는지 들여다보는 것입니다.

'피었나?'

'안 피었네.'

'피었나?'

'안 피었네.'

굳게 다문 봉오리가 좀처럼 펴질 기미를 보이지 않습니다. 심지어 피기도 전에 떨어진 봉오리를 보니 심란하기까지 합니다. 봉우리들이 과연 꽃을 피울 수 있을까 걱정이 되었지만, 별 도리가 없습니다. 기다리는 수밖에요.

저는 요즘 매일매일 기다리고 있습니다. 꽃을 기다리고 있습니다. 참으로 오랜만에 예측할 수 없는 기다림을 경험하고 있습니다. 늦게라도 꽃이 핀다면 기다린 보람이 있을 것입니다. 지금 같아서는 꽃을 기다리다가, 결국 봉오리가 전부 떨어져도 괜찮을 것 같습니다. 그래도 낭만적일 것입니다. 차라리 로켓배송으로 받은 택배처럼 내일 새벽에 갑자기 만개하지 않기를 바랍니다. 기다림을 잊은 제가 모처럼 기다림을 만끽하고 있으니까요.

설렘

꽃 피기 직전에
가장 눈부셨어요. – 오프라 윈프리(방송인)

한 겹 한 겹
차례를 기다리는 꽃잎들이
서로 다독이는 중이었어요.

곧 피어날 거라며
봉오리 안에서 맘 다지는
꽃들의 결행.

아직 열리지 않은 가장 안쪽,
그곳이
꽃들의 시간이
숨 고르는 자리였어요.

설레며 기다렸던 경험이 다들 있을 겁니다. 꽃봉우리가 '안간힘을 쓰는 모습'은 마치 우리가 성숙해지는 과정을 보는 듯해요. 온 마음을 다한 기다림은 기쁨의 고통이 아닐까요? 결국 그 과정을 통해 우리는 꽃을 만날 수 있기 때문이지요.

date

지금 나의 마음은…

나무 마을

나무는 뿌리 아래
빛 하나를 품고 삽니다. - 시어도어 로스케(시인)

땅속에 뿌리를 쟁여둔 나무는
주섬주섬 넓은 그늘을 폈습니다.
소문 들은 새들이
하나둘, 그 아래로 날아듭니다.

그제야 나무는
인심 넉넉한 마을이 되었습니다.

뿌리 깊이 숨겨둔 빛을 길어올려
높은 가지 위에 걸어두고는
그 아래에서 잔치를 벌였습니다.

나무는 다른 이에게 안정감과 위로를 주는 공간입니다. 내가 단단해질수록, 나도 누군가에게 힘이 되는 존재가 될 수 있습니다.

date　　　.　　.　　.

지금 나의 마음은…

잠시 멈춤

늘 바쁘다며 시간이 없었어요.
꽃 하나 들여다볼 틈조차 내지 못했죠.
너무 작아서,
자꾸만 놓치고 말았습니다. ― 조지아 오키프(화가)

오늘은
햇빛 품은 그 꽃을 만나려고
천천히 걸었습니다.

어제는 예쁘다며 한 마디
툭, 던져놓고 갔는데

오늘은 잠시 멈추어
그 자리에 쪼그리고 앉아
안부를 묻고 있었습니다.

잠시 멈춰보세요. 머릿속에 정화의 여백으로 채워질 거예요..

date   .   .   .

지금 나의 마음은…

나무의 말

모든 나무는 따뜻한
말 한 마디를
품고 있습니다. – 오귀스트 로댕(조각가)

묵묵히 곁에
서 있던 나무가
있었습니다.

바람 부는 날
나보다 먼저 흔들려주던 나무.

그 나무 아래
몰래, 마음 하나 부려놓고
돌아왔습니다.

삶이 힘들 때 위로는 꼭 말이 필요하지 않아요. 말 없이 곁에 있어주는 존재
가 주는 그 평온함 속에서 우리는 스스로 치유되는 힘을 느낄 수 있어요..

date　　　.　　　.

지금 나의 마음은…

맞닿은 자리

"모든 경계에는 꽃이 핀다." – 함민복(시인)

서로 다른 꽃이
맞닿고 스치고
가끔은 조용히 부딪치던 곳.

경계는,
맨 처음 움이 돋는 자리.

흙과 물이 만난 진창이라도
가장 먼저 피는,
꽃들의 자리.

꽃들이 만나 자리 찾던
가장 여린 틈.

경계는 새로운 가능성이 열리는 시작이에요. 마음과 마음이 맞닿는 곳, 상
처와 치유가 만나는 지점에서 변화의 기회를 얻지요. 갈등이나 차이를 넘
어설 때 아름다운 변화가 일어납니다.

지금 나의 마음은…

햇빛의 말투

"평생 빛을 보지 못하는 땅속 미생물은
뿌리를 통해 태양을 만납니다." – 자연다큐멘터리 〈흙〉

뿌리는 햇빛에게서 받은 기운을
땅속으로 건네주었습니다.
미생물은 단 한 번도 빛을 본 적이 없었지만
뿌리 덕에 햇빛이 있다고 믿었습니다.
그날부터 미생물은
뿌리에게서 햇빛의 말투를 배웠습니다.

보이지 않는 것을 믿게 되면서
서로의 온기를 보았습니다.

부모가 세상이 안전한 곳이라고 알려주면, 아이는 본인이 경험하지 않아도
세상에 대해 신뢰를 갖게 되지요. 우리는 타인의 경험을 통해 배울 수 있고,
타인의 도움을 받으며 새로운 것을 받아들일 수 있어요.

date　　.　　.

지금 나의 마음은…

아귀힘

"바람이 매서워야
어느 풀이 쓰러지는지
알 수 있어요." - 《한서(漢書)》

바람이 잔잔할 땐
괜찮았어요.
한 차례 센 바람이 후욱, 하고 몰아치자
그중에서 뿌리 하나
아귀힘으로 땅을 확, 움켜잡아요.

바람이 불지 않았다면
몰랐을 풀의 진심.
뽑히지 않으려고
꼭 쥐고 있던
마음.

지금 어려움을 맞이한 당신, 지금껏 잘 버텨왔습니다. 새로운 선물이 곧 다
가올 것이라는 신호입니다.

date

지금 나의 마음은…

품앗이

나무 한 그루에
수천 마리의 생명이 드나들어요. — 제인 구달(동물학자)

나무 한 그루 안에
얼마나 많은 생명이 드나드는지 몰라요.
속이 얼마나 넉넉한지 몰라요.

왕호랑나비와 청설모
곤줄박이와 반딧불이
꽃무지와 밀잠자리
하늘소와 땅강아지
너구리와 흰족제비ㅡ

속살거리며
두런두런 품앗이를 하고 있어요.

"네가 곁에 있어서 다행이야"라는 말을 듣는다면, 우리는 나무처럼 누군가에게 그늘이 되는 역할을 하고 있는 것이겠지요. 가정에서, 회사에서, 학교에서 구성원들을 지지해준다면 그 조직에는 깊은 안정감의 그늘이 생길 거예요.

date   .   .   .

지금 나의 마음은…

나무의 여행

나무는
우리만큼이나 멀리
여행하고 있습니다. – 존 뮤어(환경운동가)

천 년의 계절을
건너는 중입니다.
한자리에서
가장 오래, 가장 멀리.
떠나는 중입니다.

천 년의 여행을 떠난 나무는
여전히 하늘로
성장판을 열고 있습니다.

우리도 나무처럼 긴 여정을 떠나고 있습니다. 한 자리에 있는 듯 보여도, 우리는 늘 새로운 경험을 쌓는 중입니다.

date   .   .

지금 나의 마음은…

꽃잎의 이치

꽃잎을 바라보는데
조용히 말을 걸어왔습니다. — 알베르트 아인슈타인(물리학자)

한참을 바라보고 있는데
고요가 먼저 건너옵니다.

그 고요에게 기대 있으려니
속에 숨겨둔 빗장 하나가
덜컥, 하고 열렸습니다.

문고리를 잡아당기자
묻어둔 문장들이 와르르 쏟아집니다.
어제의 부끄러움은
조금씩 자리를 옮겨 앉고
꽃잎 하나에 그만
마음을 턱, 내려놓고 말았습니다.

자연을 유심히 바라보고 관찰할수록 우리는 더 많은 것을 이해할 수 있어
요. 지금에 집중하고, 깊이 관찰하는 것이 스트레스를 줄이고 삶의 질을 높
이는 데 도움을 줍니다.

date　　　.　　.　　.

지금 나의 마음은…

매화

매화는 일생 동안 추워도
향기를 팔지 않습니다. – 신흠(문장가)

그 겨울에
조용히 피었습니다.
눈발이 날리고
바람이 매섭더니,
매화 향이
초승달 같은 마음을
슬몃 꺼내 보여주었습니다.

겨울과 봄 사이 어디쯤에 서서
설레고 말았습니다.

매화의 향기가 말없이 마음을 움직이듯, 우리의 진정성은 언젠가 사람들에
게 깊은 영향을 미칠 수 있어요. 진정한 아름다움은 자신을 자랑하지 않는
평온한 마음에서 나오는 거예요.

date   .   .   .

지금 나의 마음은…

쓸모

"굽은 나무가 산을 지킵니다." -《채근담(菜根譚)》

숲에서 살아남은 건
굽은 나무였어요.

잘 자란 곧은 나무는
쓰임을 먼저 얻어 잘려갔고요.
굽은 나무는 쓸모 없다고
숲에 남아 자리를 지켰어요.

모든 나무가 반듯하지 않아서
얼마나 다행인지 몰라요.

쓸모는, 곧은 데에 있어도
숨은, 굽은 것이 오래 남아요.

남의 기대에 부응하는 것이 항상 좋은 결과로 이어지지는 않아요. 오히려
자신의 개성을 유지하는 것이 더 큰 성과를 가져올 수 있어요. 타인의 평가
와 기대에 맞춰 살다 보면 행복과 만족감은 점차 줄어들 수 있다는 걸 기억
하세요.

date   .   .   .

지금 나의 마음은…

따뜻한 여백

"물이 너무 맑으면
물고기가 살지 않습니다." -《채근담》

물이 맑아서
물고기 한 마리 보이지 않았습니다.
작은 부유물과 미생물이,
그런 것들이 모여
생명을 돌볼 수 있었습니다.

모난 마음 하나쯤 떠 있게
가만히 놓아둘 수 있을까?
오늘,
나의 연못을 들여다보았습니다.

상대에게 완벽을 강요하면 관계가 멀어질 수 있어요. 너무 엄격한 기준을
세우기보다 상황에 맞게 유연한 태도를 지키는 것이 좋아요. 완벽함보다
균형을 유지할 때 더 건강하고 행복한 삶을 살 수 있어요.

date

지금 나의 마음은…

봄의 차례

보풀보풀 풀 무덤 위에
개똥지빠귀 품은 알 하나가
낮달처럼 불쑥 떠올랐습니다.
잠든 숲 사이로 개똥지빠귀
찌릉, 하고
숨 죽인 가슴께를 찌르고 갔습니다. – 제라드 홉킨스(시인)

봄이 오면
풀도 나무도 바람도,
다 노래입니다.
한복판에서 노래를 듣고 있습니다.
숲은 아직 오지 않은 나의 봄에게 말했습니다.
"이제 너의 차례야."
나의 봄이 불쑥 일어나 노래를 불렀습니다.

마음속 봄이 늦게 오는 것 같나요? 그럴 때는 숲의 속도를 떠올려보세요.
자연의 노래에 귀를 기울이며 나의 봄을 맞을 준비를 해보세요. 그것만으
로도 마음은 봄을 향해 움직입니다. 지금 나의 봄은 어디쯤 와 있나요?

date   .   .   .

지금 나의 마음은…

소읍 담양에서 만난 식물

여름의 더위가 꺾일 무렵, 가족과 함께 작은 마을 담양으로 짧은 여행을 떠났습니다. 여행 내내 흐린 날씨였고 비까지 내렸지만, 나름대로 운치가 있었습니다. 담양은 대나무 숲으로 유명합니다. 하지만 굳이 대나무숲 공원인 '죽녹원'에 가지 않더라도 마을 여기저기서 흔하게 대나무를 만날 수 있었습니다. 바닥에 뒹구는 나뭇가지조차 대나무일 정도였지요.

읍내 한가운데에는 담양천이 흐르고 있습니다. 그 천변을 따라 수령 300~400년 된 고목들이 2킬로미터가 넘게 늘어서 있었습니다. 관(館)에서 쌓은 제방 위에 심은 나무라고 하여 '관방제림'이라고 부릅니다. 나무가 주는 안도감이랄까요? 그 아래를 걷고 있으니 오히려 내가 나무에게 보호 받고 있는 느낌마저 들었습니다.

관방제림 길을 따라 걸으면 '국수거리'가 나옵니다. 국수집들과 카페들이 옹기종이 모여 있습니다. 이곳 국수집들의 국수가 다른 점이 있다면, 보통의 잔치국수보다는 면이 굵고 짜장면보다는 얇다는 것입니다. 생경한 면의 굵기가 미감을 자극한다는 사실도 깨닫게 됩니다.

담양의 볼거리와 먹거리는 담양천을 중심으로 모두 모여 있습니다. 메타세콰이어길도 천변의 끄트머리에 있고, 죽녹원과 국수거리, 관방제림 모두 담양천 바로 옆입니다.

'소읍 여행의 매력은 이런 데 있구나.'

한참 담양천변 주위를 서성이며 나무와 숲이 안내하는 동선을 따라 걸었습니다. 그렇게 낙낙한 마음으로 오후를 보내고, (필사적으로) 아무것도 하지 않으며 한가한 담양에서의 하룻밤을 보냈습니다.

저는 1년에 한 번, 사람들이 가장 돌아다니지 않을 만한 시즌의 평일을 잡아 여행을 다녀오는 것이 유일한 '일탈'입니다. 소음 없이, 사람 없는 소읍에서 나른하게 하루를 머물다 오는 것. 그것만으로도 저에게는 큰 휴식입니다.

하루 뒤, 휴식 같은 담양의 숲을 뒤로 하고 다시 서울로 떠날 채비를 했습니다. 저는 담양과 서울 중간쯤의 한 고속도로 휴게소에서 잠시 쉬었다 가기로 했습니다. 아이들도 차에 앉아 있는 것이 지루했는지 휴게소에 도착하자마자 스프링처럼 차 밖으로 튀어나갑니다. 간식거리를 사고 서둘러 가던 길을 재촉하려는데 아이들이 잠깐만 기다려달라고 합니다. 그런데 30분이 넘도록 아이들이 오지 않자 결국 찾아나서게 되었습니다. 아이들은 휴게소 화장실 옆 화단 한편에 쭈그리고 앉아 무언가를 열심히 하고 있었습니다.

"뭐하는데 여태 안 오니?"

"거의 다 됐어요, 아빠."

저는 아이들을 보자마자 다그쳤습니다. 마음이 급한데 아이들은 한가하게 흙장난을 하고 있습니다. 자세히 보니 화단 돌 틈바구니에서 자라는 이끼를 뜯어와 흙으로 언덕을 만들고, 그 위에 이끼를 올려놓고 있었습니다. 저는 아이들이 만든 것은 보는 둥 마는 둥하며 채근했습니다. 아이들이 만든 이끼 언덕의 사진 한 장을 스마트폰으로 급하게 남기고는 서둘러 다시 길을 나섰습니다.

며칠 뒤, 집으로 돌아와 저는 그날의 사진들을 한 장 한 장 넘겨 보고 있었습니다. 높게 솟은 메타세콰이어 길과 수백년 된 고목이 늘어선 담양천, 그리고 산 하나를 이룬 대나무 숲의 풍경까지, 그날의 평온함이 고스란히 담겨 있었습니다. 그러다 여행의 마지막 날 사진을 보게 되었습니다. 아이들이 휴게소에서 만든 작은 이끼 언덕입니다. 그날 서울로 빨리 올라가야겠다는 생각에 급하게 사진을 찍었던 기억만 났습니다. 그런데 그 사진을 들여다보자 저는 머릿속이 하얘졌습니다.

'아, 아이들의 자연은 멀리 있지 않았구나.'

저는 숲을 찾아 꾸역꾸역 남쪽으로 남쪽으로, 담양까지 내려왔습니다. 자연 속에서 한적하고 여유로운 시간을 보냈다고 생각했습니다. 아이들에게도 이런 자연을 단 하루라도 온전히 경험하게 하고 싶었습니다. 하지만 아이들이 만든 작은 이끼 언덕의 사진을 보고는 생각이 바뀌었습니다. 꼭 비수기의 평일, 남쪽의 소읍까지 내려와야 자연을 만끽하는 것이 쉼은 아니었습니다. 휴게소 화장실 앞 화단 한편에 쌓아올린 이끼 언덕이 그것을 말해주었습니다. 자연은 지금, 여기에 있다는 것을 말입니다.

숲은

숲을 만나
숨이 가라앉았습니다. – 괴테(소설가)

살바람을 들이마시고
등을 볕에 내맡기고 있으니
숲은 묻지도 않고
나의 속울음을
모른 척 덮어주었습니다.

꿀떡, 차오르던 숨이
발뒤꿈치까지 내려앉습니다.
뻐근했던 마음이
조금씩 가라앉았습니다.

자연과 접촉하는 것만으로도 정신은 건강해집니다. 자연 속에서 잠깐 시간
을 보내는 것만으로도 불안과 우울이 해소되고, 긍정적 감정이 증가하는데
이를 '자연치유효과'라고 부릅니다. 햇볕 아래 조금만 서 있어도 스트레스
호르몬인 코르티솔이 줄어들고 마음이 평화로워집니다.

지금 나의 마음은…

식물의 말

나무를 그린다는 건
내 감각을 깨우는 일이에요. – 클로드 모네(화가)

햇살을 받고 있던
나무의 빛깔과 질감,
그 앞에 서 있던 느낌을 기억합니다.

선을 긋고
색을 얹고,
멈춰 서 있을수록
나무와 나 사이에
말 없는 언어 하나 둥실 떠오릅니다.

나무의 말이,
나의 모국어가 되는 중입니다.

우리는 같은 것을 보아도 느끼는 감정이 달라요. 우울한 날에는 빛이 흐려
보이고, 기쁜 날에는 잎사귀도 더 선명하게 보여요. 하루 종일 안 좋은 일이
계속 일어나는 것 같다면 한 번 점검해보세요. 혹시 마음속 렌즈가 흐린 빛
으로 덮여 있지 않은지 말이에요.

date　　　.　　.　　.

지금 나의 마음은…

낯익은 하늘이,

씨앗은 큰 나무가 된다는 걸
알고 있습니다. – 조지 버나드 쇼(극작가)

씨앗이 컴컴한 흙속에서
큰 나무를 생각하며 누워 있습니다.

해거름과 바람결을
차곡차곡 쟁여두며
솜털로 감싼 몸을 불리고 있습니다.

흙을 밀치고
마실 나온 어느 날,
어디선가 본 듯한, 낯익은 하늘이
물끄러미 굽어서 내려다보고 있었습니다.

우리 안에는 이미 성장의 가능성이 존재합니다. '나는 할 수 있다'는 믿음이
꿈을 이룰 수 있다는 것을 잊지 마세요. 내가 가진 잠재력을 믿을 때, 성장
할 수 있습니다.

date　　.　.　.　.

지금 나의 마음은…

단맛

천천히 여물자
단맛이 납니다. – 몰리에르(극작가)

급하게 익은 열매는
쉽게 물렀고,
달콤한 열매는
천천히 여물었습니다.
조금이라도
천천히 자란 열매는
잘 익었고요.

그렇게 자란 열매는
하늘을 닮았습니다.

우리는 끊임없이 '빠름'에 노출되어 있어요. 빠른 성공, 빠른 변화, 빠른 회복. 하지만 '천천히 자라는 것'이 오히려 건강한 성장의 방식이라는 것을 기억해야 합니다.

date   .   .   .

지금 나의 마음은…

뜰에 쭈그리고 앉아

뜰에서
꽃 피는 순간마다
기적이 일어납니다. – 위베르 드 지방시(패션디자이너)

뜰 한편에 쭈그리고 앉아
흙을 만지고
물을 건네고
꽃을 기다리다보면은
흔들리던 생각들이
제자리를 찾아옵니다.
모든 게 내려앉은 뒤에야
숨 하나가
나를 들어올립니다.

자연 속에서 작은 변화에 주의를 기울이면, 우리의 감각이 깨어나고 감정
조절 능력이 향상됩니다. 이는 스트레스를 줄이고, 심리적 안정을 높이는
효과가 있습니다. 시간과 생각의 흐름을 인식하는 것이 정신 건강에 어떤
도움을 줄까요? 감정과 생각이 소용돌이 칠 때, 잠깐 멈추어서 그것들을 가
만히 지켜보세요. 해결하려고 움켜쥐지 마세요. 냇물이 흘러가듯 그들이
가고 싶은 방향으로 가도록 내버려두세요. 이것이 '마음 챙김'입니다. 감정,
생각과 나를 일치시키지 마세요. 나는 감정과 생각이라는 파도를 타는 여
행자입니다.

date   .   .   .

지금 나의 마음은…

손바닥만 한 저 식물도

이 작은 화분 하나가
너보다 더 오래 살 수도 있어. – 호마로 칸투(셰프)

삶은 늘 엇비슷한 예감과
전혀 다른 결말 사이에 서 있지.

누구는 오래 살고
누구는 짧은 빛처럼 스치듯 사라져.

풀잎 하나가
햇살의 문장을 받아 쓰며 빛나듯이
나도 조금씩 다른,
매일의 문장을 받아 적으며
살아 있다는 걸 확인해.

예측할 수 없는 순간 속에서 우리는 얼마나 연약한 존재인가요. 하지만 그것이 오히려 기회일 수 있어요. 연약함을 받아들이고, 나 자신을 이해한다면 진정한 힘으로 변할 수 있어요. 힘들 때일수록 자신을 너무 몰아붙이지 말고, 조금 더 부드럽게 나를 보살펴주세요.

date   .   .   .

지금 나의 마음은…

선인장

선인장은 물 없이도 산다는데
왜 나는 버거울까? – 박명수(개그맨)

어떤 날은 이유 없이
기운이 빠지고,
어떤 순간은 숨만 쉬어도 지쳐.

근데 선인장도 힘들 거야.
몸속에 물을 뺏기지 않으려고
가시 세우고,
햇살 한 줌 더 받으려고
두꺼운 몸을 비틀잖아.

선인장도 자기 안의 사막을 견디느라
애쓰고 있는 거야.

힘들어도 괜찮습니다. 누구나 힘들고 누구나 행복하고, 그렇게 다들 어찌
보면 비슷하게, 또는 다르게 우리는 살아가고 있답니다.

date   .   .   .

지금 나의 마음은…

나무의 중심

비바람은
나무를 흔듭니다.
그 덕에
뿌리는 깊어집니다. – 돌리 파튼(영화배우)

흔들리니까
놓지 않고,
흔들릴수록
어둠으로
파고듭니다.
나무는,
점.점.
중심으로
가까워집니다.

삶의 고비와 어려움이 없는 삶이 과연 행복하기만 할까요? 어려움의 과정
속에서 더욱 푸르러지고 여물어지는 당신의 내면의 힘과 자신감을 기대합
니다.

지금 나의 마음은…

우리가 곧 자연이지요

문밖으로
풀 한 포기 내쫓아도
그건 잠시입니다. - 도스토옙스키(소설가)

창문을 꼭 닫아도
바람은 틈을 비집고 들어옵니다.
비워둔 자리,
아무도 모르게 다시 스며듭니다.

몰아낸 줄 알았는데
나를 다시 피워냅니다.

나는 자연이 돌아올
가장 깊은 안쪽이었습니다.

근대화와 산업화가 이루어지는 동안 인간은 자연을 도외시했습니다. 어쩌
면 당연한 존재라 함부로 대했을 수도 있습니다. 하지만 인간이 힘들어지
면, 우리는 자연에 기대게 됩니다. 자연으로 회귀하는 본능이 있나봐요. 자
연과 우리는 분리될 수 없어요. 태곳적부터 자연과 인간은 하나로 이어진
유기적 존재입니다.

date . . .

지금 나의 마음은…

껍질 하나

한 시인이 말했어요.
"오직 신만이 나무를 만들 수 있다"고.
어쩌면 인간은 나무껍질 하나
붙일 줄도 모르기 때문일 거예요. - 우디 앨런(영화감독)

겉모습은 그럴듯하게 흉내낼 수 있어요.
하지만 햇빛을 받아 당분을 만들고,
나이테 새기는 생명의 일은 흉내 낼 수 없지요.
나무껍질 하나만 봐도 그래요.
그건 단순히 껍질이 아니에요.
수분을 지키고, 상처를 막아내고, 병을 이겨내는
정교한 생명의 갑옷이지요.
우리는 뭐든 만들 수 있다고 자랑하지만
나무껍질 하나 제대로 만들지 못하면서
'창조'를 이야기하잖아요.

과학의 발전은 실로 눈부십니다. 요즘은 AI가 인간을 대체할 수 있다고도
합니다. 하지만 과연 과학기술이 자연의 정교한 생명 시스템을 재현할 수
있을까요? 아마도 자연의 가진 신비로움과 영험한 힘은 따라잡지 못할 것
입니다. 그러기에 우리는 자연을 소중히 하고, 함께 살아가는 법을 배워야
합니다.

date　　　.　　.　　.

지금 나의 마음은…

소리

숲으로 들어서면
소리는 더 커집니다. – 앨런 와츠(철학자)

가랑잎이 오소소 먼저 내리고,
그 위를 밟은 짐승이
제 발소리에 놀라 바스락, 달아납니다.

도토리는 토로록 먼 데서 굴러오고,
하늘다람쥐 한 마리는 후득,
나무 사이를 건너려다가
가지 하나 뚝,
꺾이고 맙니다.

숨을 한번 고르고서야 들리는
숲의 소리입니다.

우리가 자연과 연결되어 있다고 느낄 때 평온함을 경험합니다. 숲으로 들
어가보세요. 이 넓은 우주의 일부로 내가 존재한다고 생각해보세요.

date

지금 나의 마음은…

혼자가 아니야

"숲을 이루지 못한 꽃은 외롭고,
숲을 이룬 꽃은 시들지." – 영화 〈비포 선셋〉

그래도 난
숲을 이룬 꽃이 더 나아.
숲에서 고독해도
혼자는 아니잖아.

시든다는 건
함께 있었다는 것.

누군가와 함께
피어 있었다는 것.

우리는 혼자가 아니에요. 주변에 함께할 이들이 있다는 걸 기억하세요. 혼
자일지라도 소속감을 느낄 수 있는 곳은 언제나 존재합니다.

date

지금 나의 마음은…

꽃 피울 힘

주여,
늙고 쇠약해진 몸과
꽃 피우지 못하는 희망의 나무로부터
우리를 구하소서. – 마크 트웨인(작가)

주여,
늙고 쇠약해지는 건 두렵지 않습니다.
희망이 마르는 것이 두렵습니다.

주여,
몸이 시드는 것보다 더 무서운 건
더 이상 꿈이 피어나지 않는 것입니다.
꿈이 시든 마음 안으로
다시 피울 힘을 남겨주소서.

늙어가는 것이 두려운 것이 아니라, 더 이상 꿈꾸지 않는 것이 두려운 것이
겠지요. 늙는다는 것도 우리가 정해버리는 틀과 같습니다. 우리는 더 영글
어가고 있고, 변화하고 있는 거예요. 늘 삶의 의미를 찾아가는 여정이에요.

date . . .

버들치들의 합창

제가 나이 서른이 턱밑에 다다르던 때, 김광석의 노래 〈서른 즈음에〉를 마음 졸이며 부른 이후로 그날 처음으로 기타를 꺼냈습니다. 20여 년만입니다. 아이의 학교 아빠들의 합창단에서 기타를 치게 되었기 때문입니다. 합창단 이름은 '버들치 합창단'입니다. 학교 앞 정릉천에 버들치가 산다고 붙은 이름입니다. 1급수에서만 산다는 버들치를 서울 한복판에서 보는 것도 비현실적인데, 학교에 아빠들의 합창단이 있다는 건 더욱 비현실적입니다.

저희 집의 열네 살, 열한 살 아이 둘이 대안학교로 편입했습니다. 학교에서 가장 큰 행사가 바로 음악회라고 합니다. 음악회는 학교 아이들이 그간 갈고 닦은 자신의 악기와 합창 실력을 뽐내는 자리입니다. 저희 아이들도 행사를 앞두고 밤낮으로 연습에 분주했지요.

어느 날, 신편입생 부모 환영식에서 "아버님 혹시 다루는 악기 있으세요?" 하고 한 분이 저에게 물었습니다. 저는 까마득한 기억을 떠올리며 "기…타…요?" 하고 대답했더니, 바로 합창단의 '기타맨'으로 차출(?)된 것입니다.

군대에서도 비슷한 경험이 있습니다. "태권도 품증 있는 사람 거수!" 하고 선임병이 묻자, 초등학교 3학년 때 땄던 기억이 떠올라 살포시 손을 들었습니다. 그날로 저는 태권도 조교 교육장으로 끌려가 한 달 간 교육을 받았습니다. 아침 구보(달리기)는 앞차기로 연병장 10바퀴씩 돌았고, 취침 점호는 침상에 누워서 옆차기를 하며 번호를 불렀습니다.

기타맨으로 차출된 후부터 2주 동안 밤낮으로 변진섭의 노래 〈우리의 사랑이 필요한 거죠〉를 연습했습니다. 잊고 있던 기타 코드를 꼭꼭 눌러가며 치고 있자니 손가락이 다 얼얼합니다. 급기야 왼손 중지와 약지 끝에 물집이 잡혔고, 며칠이 지나자 꾸덕꾸덕한 굳은살이 박혔습니다.

음악회 당일, 학교 아이들은 하나 같이 긴장한 모습이 역력했습니다. 순서대로 무대에 오른 아이들 몇몇은 간혹 음이 틀리기도 했고, 박자를 놓치기도 했습니다. 어떤 아이는 연주를 하다 멈칫거리기도 했습니다. 물론 기성 연주자 못지 않은 실력을 뽐내는 아이들도 있었습니다.

다음은 우리 아이의 차례였습니다. 아이는 연습한 대로 차분히 바이올린 연주를 해나갔지만, 중간에 악보를 놓쳤는지 한참을 넋놓고 서 있었습니다. 아이는 겨우 음표를 되짚어 연주를 마무리했습니다. 무대에서 내려온 아이가 내 앞에서는 웃어 보였지만 뒤에서 울먹이고 있었습니다. 위로를 해주려고 아이에게 가고 있는데, 같은 반 친구가 아이의 등을 토닥이며 위로해주고 있습니다. 저는 모르는 척 자리를 슬쩍 피해줬습니다.

다음 순서는 한 아이 아빠의 첼로 연주였습니다. 그가 연주할 곡은 이용의 노래 〈잊혀진 계절〉이었습니다. 그는 매년 음악회 때마다 한 곡씩 첼로 연주를 했다고 합니다. 그는 전공자이거나 꽤 수준 높은 연주를 할 게 틀림없어 보였습니다. 혼자 무대 위에 올라 연주한다는 것은 그만큼의 실력이 있다는 의미일 테니까요.

곧바로 연주가 시작되었습니다. 그런데 그는 시작부터 손을 바들바들 떨며 활을 켜기 시작했습니다. 얼굴은 잔뜩 굳어 있고, 몸은 경직돼 있습니다. 그는 몇 번의 실수를 거듭하며 연주를 해나갔습니다. 보는 이까지 가슴 졸일 정도였지요. 그는 '무사히' 연주를 마치고 무대를 내려왔습니다. 고개를 몇 번씩 가로저었지만, 크게 실망하는 모습은 아니었습니다. 한 아이 아빠가 제게 말했습니다.

"저 아이 아빠는 처음 무대 설 때는 지금보다 더 떨었어요."

멋지게 연주할 거라고 생각했던 제 예상은 보기 좋게 빗나갔습니다. 그는 아이들의 음악회에 서려고 첼로를 처음 배웠다고 합니다. 애초에 첼로를 만져본 적도 없습니다. 음악회를 위해 레슨도 받았다고 합니다. 이쯤 되자 그가 왜 낯선 악기를 연주하게 되었는지 궁금해졌습니다. 그러던 다음 날, 제 아내에게 이런 말을 전해들었습니다. 그가 무대에서 내려온 후, 자신의 아이에게 이렇게 묻더라는 겁니다.

"○○아, 너는 어떻게 매년 음악회 때 무대 위에서 연주를 할 수 있는 거니? 정말 대단하다. 아빠도 매년 이렇게 떨리는데 말야."

그는 아이가 무대 위에 설 때 얼마나 떨릴지 공감하고 싶었던 것입니다. '아빠도 이렇게 무대 위에 올라가서 연주할 수 있어'라고 격려하고 싶었던 것이지요. 비록 손을 파르르 떨면서 실수를 연발할지언정 무대에 올라 활을 켜는 아빠의 모습을 아이에게 보여주고 싶었던 것입니다.

그날 버들치 합창단도 공연을 무사히 마쳤습니다. 음정이 조금 틀려도, 반주가 조금 틀려도 괜찮은 거라는 것을 깨달았습니다. 무대 위에 선 아빠의 모습이 아이에 대한 격려 그 자체이기 때문입니다.

흙의 노래

흙의 노래를 들어요.
장조와 단조가 뒤섞인
묘하게 익숙한 그 화음을 들어요.
흙이 숨 쉬는,
그 낮은 노랫소리를 들어요. — 케이트 쇼팽(소설가)

고요할 때만 들려오는,
몸이 먼저 알아채는 소리.

맨발로 사박사박
흙 위를 걸을 때
발바닥에 와닿는
느린 박자의 노랫소리.

하루종일
입 안에 돌돌돌 맴돌던 그 소리.

자연의 리듬에 귀 기울이는 감각은 자신의 감정과 몸 상태를 섬세하게 감
지하는 데 도움이 돼요. 이런 민감성은 마음을 지키는 섬세한 안테나일 수
있어요. 자연의 소리를 듣는 시간은 내면의 균형을 회복하는 시간이에요.

지금 나의 마음은…

꽃 피울 마음

"바다에도 꽃이 피어." – 애니메이션 〈네모바지 스폰지밥〉

사람들은 꽃이
땅에서만 핀다고 말하지만,
바다 아래 산호가 꽃처럼 피어.

꽃은 생각지 못한 자리에서
상상하지 못한 모습으로 피어.

어디든 피어날 마음만 있으면
언제든 새 꽃으로 피어.

꽃은 그래서,
마음에서
먼저 피어.

환경은 내가 바꿀 수 없지만 내 마음의 풍경은 내가 만들어나갈 수 있어요.
너무 힘들어도 우리 크게 한번 웃어보아요. 그 순간 한 줌 희망이 우리에게
날아올 거예요.

date   .   .   .

지금 나의 마음은…

숲 골

나는 사소한 것에 열광해요.
나뭇잎을 가지고 놀고요.
길을 깡충깡충 뛰어다녀요.
바람을 거슬러서 달리지요. – 레오 버스카글리아(작가)

숲 골로 들어서면
하나둘 소리가 깨어납니다.
줄기가 뿌리에서 물 긷는 소리
볕이 잎맥 따라 스르르 흐르는 소리
기어이 잎이 펴지는,
느릿한 소리까지.

사소한 것들이
내 안에서 가장 먼저
숨 쉬는 그 소리.

자연 속에서는 몰입하기가 쉬워요. 이 몰입의 순간 우리의 감각이 확장되
는 경험을 하게 되지요. 디지털 시대에 우리는 시간이 압축된 느낌을 받지
만, 자연 속에서 천천히 시간을 보내면 오히려 시간이 더 길어지는 듯한 느
낌을 받을 수 있어요. 사소한 것에 집중해보고 자연 속에서 감각을 깨우며,
고요한 가운데 몸의 상태를 느껴보세요.

date

지금 나의 마음은…

틈

사람들이 나무를 볼 때 잎을 보지, 잎과 잎 사이 공간을 보지는 않아. 그들은 나무에만 집중해. 하지만 그 공간을 인식하고 있기 때문에 나무를 하나의 형태로 볼 수 있는 거야. – 키스 자렛(피아니스트)

우리는 보통 눈에 보이는 것을 본다고 믿어. 나무를 볼 때도 잎 모양과 색을 보며 '보았다'고 생각해.
하지만 우리는 잎과 잎 사이의 여백을 함께 보는 거야. 그 틈이 있어서 우리는 나무를 나무라고 느끼는 거지. 그 틈이 없다면, 나무는 하나의 덩어리로만 보였을 거야.
음악에서 쉼표가 없으면 멜로디가 사라지고, 그림에서 여백이 없으면 형태가 사라지듯, 말보다 침묵이 더 깊은 걸 전할 수 있고 움직이는 것보다 멈춰 있을 때 더 큰 울림을 줄 수도 있어.
우리는 결국 보이지 않는 것을 보고 있는 거야. 그게 아니라면 세상은 지금처럼 보이지 않았을 거야.

말과 말 사이의 침묵, 일정과 일정 사이의 멈춤, 감정의 소용돌이 사이의 고요함이 없으면 우리는 번아웃되고 무감각해질 거예요. 보이지 않는 것, 채워지지 않은 것, 멈춰 있는 순간을 들여다보세요. 말과 말 사이, 감정과 감정 사이. 그 여백 속에 우리가 살고 있어요.

지금 나의 마음은…

나무의 일부

나무는 제 손으로
가지를 꺾지 않아요. - 톨스토이(소설가)

잎 하나,
가지 하나
모두 나무의
일부였기 때문에
미운 마음 담아
누군가를 베어냈다면,
그때마다 잘린 건
내 안에서 함께 자란
가지였구나.

가까워서 격의 없이 나를 드러내다보면, 상처도 그만큼 생겨나지요. 서로
서로 생채기를 내지만, 그래도 우리는 서로가 있어서 살 수 있습니다. 우리
조금만 천천히 섭섭해하기로 해요.

date . . .

지금 나의 마음은…

되돌릴 수 없는 것

종 하나가 사라지면
모두가 사라집니다. – 마크 샌드(작가)

눈에 보이지 않던
그물 하나가 뚝 하고
끊어졌습니다.

종(種) 하나가 사라졌고
그와 함께 엮여 있던
곤충과 새, 풀잎과 열매가
하나씩 하나씩 끊어졌습니다.

숲은 말 하나를 전부 잃어버렸습니다.

감정의 단절은 시간이 지나면서 삶의 균형을 무너뜨릴 수 있어요. 자신과
의 관계를 돌보며 감정의 흐름을 자연스럽게 받아들이세요. 불필요한 짐을
내려놓고, 감정의 균형을 회복하려고 노력한다면 더 건강한 삶을 살 수 있
어요.

date

지금 나의 마음은…

이야기 꽃

꽃 피는 곳에는
희망도 피어나요. – 레이디 버드 존슨(퍼스트레이디)

희망이 있는 자리엔
늘 사람이 있어요.
사람도 만나야 꽃을 피우지요.
아무리 고운 꽃도
아무리 예쁜 사람도
스치지 않으면 피우지 못해요.

마주 보는 순간
화알―짝,
꽃보다 먼저 이야기가 피지요.

우리는 서로의 만남을 통해 희망을 키우고, 관계 속에서 더욱 아름답게 피어나는 존재예요.

date   .   .   .

지금 나의 마음은…

뿌리를 내리는 중

"나는 행복해질 거야.
뿌리도 내릴 거야.
다시는 널 혼자 두지 않을 거야." – 영화 〈레옹〉

뿌리를 내린다는 건
누구 곁에 있는지가 중요한 거야.

지켜야 할 사람이 있다면
어디든
집이 되는 거라고.

뿌리는
물이 스며드는 쪽으로 머무는,
그 마음을 내리는 거야.

혼자서는 살아갈 수 없기에, 우리는 자연의 섭리처럼 서로서로 보듬고 함께 성장해야 합니다.

지금 나의 마음은…

밟혀도 살아내는 힘

잔디는 밟힐수록 단단해져요. - 유해진(영화배우)

줄기는 억세지고,
잎은 촘촘해지고,
뿌리는 깊어져요.
그래야 더 낮고 넓게 퍼져요.

밟혀야 살아가는 것 같지만
밟혀도 살아내는 힘이에요.

잔디는
견디는 법을 배워요.
밟힌 자리마다
생이 돋아나는 중이에요.

지금 실패 중인가요? 괜한 시간 허비도, 마음 고생도 아닙니다. 당신을 더
강하고 단단하게 만들어주는 과정임을 잊지 마세요. 실패도 지나간답니다.

지금 나의 마음은…

그 나무의 다른 열매

나무에는 해마다
같은 열매를 맺지만
그 열매는 한 번도
같은 적이 없어요. – 슈바이처(의사)

그 나무에 그 열매 같지만,
바람이 다르고 햇살이 달라서
열매마다 품은 속내가 다 달라서
오늘 딴 저 열매,
그 안에
아직 반쯤 남아 있는 봄이!

과거의 지식을 그대로 반복하는 것이 아니라, 현대적 시선으로 재해석하고
나만의 시선으로 새롭게 이해하여 적용할 수 있어야 합니다. 우리는 흔히
과거의 경험과 전통을 그대로 받아들이려 합니다. 하지만 지혜는 시대에
맞게 변화해야 합니다.

date　　　.　　.　　.

지금 나의 마음은…

봄은 다시 옵니다

시든 꽃은 자를 수 있어도
봄이 오는 건 막을 수 없어요. – 파블로 네루다(시인)

그러니 꽃은
절망하지 않아요.
지고도 다시 피는 봄은,
반드시 다시 돌아오지요.

계절이 몇 번씩을 지나가도
싹은 여전히
제 이름으로
세상을 밀어올립니다.

인생에서 우리는 상처 받고, 실패하고, 때로는 모든 것을 잃는 듯한 순간을
경험해요. 하지만 우리는 이 과정들을 극복하고 일어서면서 조금씩 강해집
니다. 우리는 시련이라는 터널을 통과하면서 더 유연해집니다. 이렇게 생
긴 회복탄력성으로, 우리는 내일로 향합니다.

date

지금 나의 마음은…

사랑

사랑은 꽃과 같아요.
그냥 자라게 놔둬요. - 존 레논(뮤지션)

꽃은 억지로
피울 수 없잖아요.
꽃 피는 걸
막을 수도 없어요.
꽃은
저절로 피었다
저절로 지잖아요.
그냥 자라게 놔두세요.

꽃도
사랑도
모두 다요.

모든 감정을 있는 그대로 받아들이는 것이 좋아요. 감정을 억지로 제어하
려고 하면 오히려 더 스트레스를 받을 수 있거든요. 관계에서도 상대방을
바꾸려고 하기보다 그 사람을 있는 그대로 존중하는 것이 더 건강한 관계
를 만들어요.

date . . .

지금 나의 마음은…

나무가 남긴 열매

나무의 가치는
열매로 알 수 있어요. – 존 레이(식물학자)

나무가 어떤 나무인지 알려면
맺힌 열매를 들여다보세요.
나무가 어떻게 살아왔는지
열매가 말해줄 걸요.
빛깔로 말하고
맛으로 드러내는
나무의 속사정이
열매 안에 맺혀 있어요.

우리의 인생도 마찬가지예요. 어찌보면 긴 세월, 돌아보면 순식간에 흘러
가는 시간. 꾸준하게 걸어가는 것이 우리 삶의 의미가 아닐까요? 오늘 당신
의 내공은 얼마나 깊어졌나요?

지금 나의 마음은…

잡초의 가능성

기르기 시작한 이상
잡초가 아닙니다. – 인터넷커뮤니티

잡초는
의도와 다르게 자란 풀이었는데
자리를 가리지 않고
제 마음대로 퍼졌었는데,
그 풀을 뽑지 않고
물 주었더니
그 순간에 가능성이 되어버렸어.

버려진 게 아니라
아직 돌보지 않은 것들,
그게 우리가 부르던 잡초였어.

무엇이 가치 있는지 절대적인 것이 아니에요. 우리가 어떻게 보는지에 달
려 있지요. 누군가에게 관심을 가질 때 그 사람의 사소한 행동도 가치 있게
느껴본 적이 있을 거예요. 모든 것은 상대적이랍니다.

지금 나의 마음은…

"봄이 되어 새 잎이 나오는 때를 가만히 들여다보니 신기하게도 입춘 즈음
이라는 것을 알게 되었습니다. 입춘이라고 해도 내 몸은 아직 겨울인데, 식
물은 어김없이 절기에 맞추어 봄을 시작했던 것입니다."

— 〈나의 봄을 깨우는 건 바로 너야!〉 중에서

verse. two

글자 사이로 스며든 빛

나의 봄을 깨우는 건 바로 너야!

어느덧 입춘(立春)이 지나 3월이 찾아왔습니다. 지난겨울은 다른 해보다 눈이 많이 내렸습니다. 그 덕에 눈 구경도 실컷 했지요. 하루하루 바쁘게 살다보면 절기를 잊고 지내는 때가 더 많습니다. 사실 절기가 일상에 피부로 와 닿을 만큼 드라마틱한 변화를 주지 않기도 하고요.

그해에는 입춘 즈음에 대설경보가 내리더니 칼바람이 매서웠습니다. 봄이 온 게 맞나 싶었습니다. 절기라는 것이 산업사회인 오늘날에는 의미가 없겠지만, 농경사회가 중심이던 시기에서는 중요한 지표였습니다. 절기는 태양의 위치를 계절적으로 구분하기 위해 총 24개로 나눈 것이기 때문에, 농사를 짓는 사람의 입장에서는 그 어떤 지표보다 정확합니다.

그래서 절기의 이름도 농사를 짓는 것에 맞춰 있습니다. 입춘은 봄이 시작하는 절기로 농가에서는 이때에 맞춰 본격적으로 농사를 준비합니다. 우수(雨水)는 눈이 비가 되어 내리고 얼음이 녹아 물이 된다는 뜻으로, 농가에서는 얼었던 땅을 고르거나 한 해 동안 심을 씨앗을 고르는 시기입니다. 경칩(驚蟄)은 개구리가 겨울잠에서 깨어나는 절기입니다. 그래서 조선시대에는 동식물이 죽지 않도록 임금이 백성에게 논밭에 불 놓는 것을 금지했다고 합니다.

새벽 별을 보고 출근해서 저녁 달을 보고 퇴근하는 대다수의 도시인들에게 절기는 무용지물입니다. 낮시간이 길어진다는 춘분(春分)이나 되어야 출근을 하며 '아, 해가 길어졌네' 하는 정도의 감상만 있을 뿐입니다.

저는 실내에서 많은 식물을 키우고 있습니다. 하지만 사실 크게 절기를 느낀 적이 없습니다. 특히 열대관엽식물이 많다보니 여름이든 겨울이든 실내는 사람이 생활하기 좋은 온습도를 유지합니다. 그래서 열대식물들 역시 폭염이나 혹한을 겪지 않고 사계절을 따뜻하게 보내게 됩니다. 절기가 그닥 중요하지 않은 이유입니다.

저는 대부분의 식물을 사무실에서 키웁니다. 실내에서는 어느 정도 일정하게 온습도가 유지되지만, 사람이 항상 상주하지 않다보니 어느 정도의 일교차는 생길 수밖에 없습니다. 그래서 겨울이 시작되면 온도에 민감한 식물들은 잎이 말라버리기도 합니다. 하지만 대부분의 식물들은 잘 견뎌줍니다. 그런데 제가 키우는 식물 중에는 유독 절기에 민감한 식물이 하나 있습니다. 바로 '드라이나리아'라는 고사리입니다.

5년을 넘게 키우다보니 이 식물의 식생도 어느 정도 파악이 되어가고 있습니다. 이 식물은 마치 동면을 하는 구근식물처럼 기온이 10도 내외가 되면 모든 잎을 떨구고 휴면기에 들어갑니다. 처음에 이 식물이 잎이 말라가는 것을 봤을 때 '아, 죽었구나' 하며 좌절했지만, 날이 풀리자 하나둘 다시 새 잎을 앞다투어 내기 시작했습니다.

🌿

저는 안도의 한숨을 쉬었습니다. 죽은 것이 아니라, 온도가 낮아지면서 휴면에 들어갔던 것이지요. 그렇게 매 해 겨울마다 휴면을 했고, 봄이 되면 신통하게도 다시 잎을 내는 것입니다.

그런데 봄이 되어 새 잎이 나오는 때를 가만히 들여다보니 신기하게도 입춘 즈음이라는 것을 알게 되었습니다. 입춘이라고 해도 내 몸은 아직 겨울인데, 식물은 어김없이 절기에 맞추어 봄을 시작했던 것입니다. 때 아닌 폭설이 내리던 그해 입춘에도 잎이 나왔습니다. 겨울 동안 잠을 자던 구근식물 칼라

디움도 그 옆에서 새 잎을 내었고, 심지어 사무실에서 키우는 거북이마저 식사량이 늘어났습니다. 그야말로 봄의 시작이었습니다.

주객이 전도된 느낌이 이런 것일까요? 식물과 동물들이 깨어나는 모습을 보고서야 겨우 저는 절기를 알아챕니다. 그나마 식물집사 노릇이라도 하니 식물들이 저에게 계절을 알려준다고 생각하니 다행입니다. 매년 봄, 저에게 달력보다 먼저 절기를 알려주는 식물에게 감사하지 않을 수 없습니다.

축제

자연이 우리에게
"축제를 즐기자고!" 외치는 그 순간이
바로 봄이에요. – 로빈 윌리엄스(배우)

축제 같은 봄.
지금 웃고
지금 노래하고
지금 사랑하는 이 순간이
내가 즐기고 있는
봄.

지금이
내 안에서
먼저 꽃 피는 그 계절이
바로 봄.

우리가 기다리는 봄은 지금 이 순간을 즐길 때 이미 와 있어요. 행복은 먼
미래가 아니라, 바로 지금 이 순간에 있는 것처럼요.

지금 나의 마음은…

인상

눈앞에 있는 사물이 무엇인지는 잊어보세요. 그게 나무든 집이든 들판이든 말이에요. 대신 "여기 파란 사각형이 있고, 저기 분홍빛 직사각형이 있으며, 이쪽엔 노란 선이 있다"고 생각해보는 거예요.
보이는 그대로, 정확한 색과 형태를 그려보세요. 그러면 당신만의 인상이 완성될 거예요. – 클로드 모네(화가)

이름을 지우고 눈앞의 세계를 처음 보는 것처럼 바라보세요. 나무는 빛과 그림자가 얽혀 만들어낸 찰나의 색감이고, 바다는 회색빛과 붉은빛이 서서히 섞이며 흐르는 시간입니다.
지금 이 순간의 색과 형태를, 그 인상을 마음에 담아보세요. 자연을 있는 그대로 바라보면, 익숙함에 가려 보지 못했던 것이 어느 날 문득 새롭게 다가옵니다.
나무를 보지 말고 빛을 보세요. 들판을 보지 말고 색의 숨결을 느끼세요. 그리고 자연이 말을 걸어오면 조용히 들어보세요.

우리가 사물을 본다고 할 때, 정말 눈으로 보고 있는 걸까요? 혹시 머리로 생각하고 있는 것은 아닐까요? 우리는 익숙한 것을 자동적으로 인식하는 경향이 있습니다. 고정된 틀에서 벗어나 감각 그대로 느껴보세요. 지각을 전환하면 새로운 세상을 경험할 수 있어요.

date

지금 나의 마음은…

벚꽃의 시간

벚꽃은
제때를 알고
허둥대지 않았습니다. – 칼 샌드버그(시인)

자기 시절이 와야
비로소 찬란하다는 걸 알았습니다.

긴 겨울이 조용했던 건
온몸으로 다 피워낼 폭죽 같은 한철을
만끽하고 싶기 때문입니다.

벚꽃은 곧 있을 찬란함을
속으로 익히고 있었습니다.

힘든 시기를 넘고 있는 사람이라면 누구나 이를 회피하고 싶어요. 하지만 그런 고통이야말로 우리를 단단하게 만들어요. 꽃이 피기 위해 혹독한 계절을 견디고, 때가 되면 당연한 듯 피어납니다. 지금 너무 힘이 드나요? 너무 많이 아픈가요? 지금의 이 어려움은 하나의 과정이에요. 곧 더 빛나게 될 거예요.

지금 나의 마음은…

사랑하니까

땅콩에게 말을 걸었더니
자기 비밀을 내어놓습니다.
사람과 마음을 나누었더니
속이야기를 들려줍니다.
서로가 사랑할 때야
귀가 열렸습니다. – 조지 워싱턴 카버(땅콩 식물학자)

아주 작은 말 소리도 들렸습니다.
땅콩이 나에게
땅속에서 왜 낮게
꼬투리를 틔웠는지 알려주더니,
조근조근 말했습니다.
"사랑하니까 너한테만 알려주는 거야."

사람은 누구나 말하지 못한 이야기를 품고 있어요. 그 이야기를 억지로 캐
내려 하면 숨어버리지만, 귀 기울여주는 사랑 앞에서는 조금씩 고개를 내
밀어요. 진심으로 누군가의 이야기를 들을 때 그의 '비밀'을 마주합니다. 사
랑은 귀 기울이는 일에서 시작됩니다. 지금 내가 귀 기울여야 할 사람은 누
구인가요?

date . . .

지금 나의 마음은…

꽃의 장단

꽃은 눈치를 보지 않습니다. – 에크하르트 톨레(작가)

꽃은 들키지 않아도 환하고,
해가 닿으면 피어나고,
비가 오면 젖습니다.

누가 보든 말든
꾸미지도 않았습니다.
그래서 더 고왔습니다.

현대 사회는 정보가 넘쳐납니다. 여기저기 화려함과 새로움이 가득합니다.
수동적으로 그것에 이끌리다보면, 어느덧 우리는 '비교'의 틀에 빠져버립
니다. 그러고는 '부족한 나'에 불만이 쌓여갑니다. 때로는 타인의 시선으로
우리를 평가하기도 하지요. 하지만 진정한 행복과 내면의 평온은 '있는 그
대로의 나'를 인정하는 것에서 시작됩니다. 현재에 살아 있는, 소박하지만
담백한 하루를 살고 있는 존재만으로 충분한 당신입니다. 당신의 가치를
잊지 마세요.

date   .   .   .

지금 나의 마음은…

문득

어디에도 꽃은 피어. – 앙리 마티즈(화가)

요란하지 않게
있던 자리에서 바람을 기다리겠지.

좋은 일도 어느 날,
바람이 골목 모퉁이를 돌아
창문턱을 넘어
스미듯 다가오겠지.

말과 말 사이로
걷는 오후의 한복판으로
작은 틈새로,
꽃은 이미 피고 있겠지.

오늘은 몇 번의 미소를 지었나요? 큰 성취나 특별한 순간이 아니더라도, 찰
나의 행복함도 있습니다. 어쩌면 우리는 행복을 너무 과대평가하고 있었는
지 몰라요. 열린 창문으로 들어온 공기가 보드랍게 내 얼굴을 어루만질 때,
오래된 책을 펼쳐 익숙한 종이향을 맡을 때, 갓 구운 빵의 고소한 향이 코끝
을 스치는 순간─ 당연한 듯 여기며 지나쳤던 소소한 순간들에 잠깐이라도
마음을 머물러보세요.

date . . .

지금 나의 마음은…

꽃의 의도

꽃은 욕심 없이
피었습니다. – 존 러스킨(문학평론가)

기다린 적도,
바란 적도 없이
계절을 만났습니다.

나는 그 빛에 숨을 돌리고
향에 눈을 감았습니다.

꽃의 위로에는 의도가 없었습니다.
무심함이 먼저 와서
아픈 데를 어루만졌습니다.

남들에게 인정받기 위해 애쓰고 있나요? 내가 좋아하는 나의 모습, 나의 장
점은 무엇인가요? 내 마음을 챙겨보세요. 나다움이야말로 가장 아름답고
소중한 것입니다. 나는 나이기에 그것만으로도 충분합니다.

date   .   .   .

지금 나의 마음은…

빛을 나누는 거리

참나무와 사이프러스 나무는
서로의 그늘 속에서는 자랄 수 없습니다. – 칼릴 지브란(시인)

참나무는
넓은 잎 펼쳐 한바닥 그늘을 짓고,
사이프러스 나무는
볕 좋은 자리에서 반듯하게 자라지만
나무 하나 너무 우거지면
다른 나무 하나는 빛을 잃고
음지 아래로 잠깁니다.

두 나무 사이로 조금 필요한 여백.
햇살 하나를 나누는 데 필요한 건
한 걸음,
물러서는 마음입니다.

서로 얽히면서도 각자의 공간을 지킬 때 관계는 더 건강해져요. 너무 가까
워지면 의존하게 되고, 너무 멀면 거리가 생겨버려요. 가장 아름다운 관계
는 서로를 지지하며, 각자의 자리를 존중하는 균형입니다.

지금 나의 마음은…

꽃 말

식물이 말 없이
말을 걸어옵니다. – 루터 버뱅크(식물학자)

하루에도 몇 번씩
말을 걸어옵니다.
로즈마리는 "햇빛이 그리워요."
수선화는 "지금이 제일 예쁠 때야."

나는 로즈마리를 창가로 옮겨놓고
수선화 앞에 앉아 꽃 말을 듣고 있습니다.

아직은 어색한 식물의 말에
귀가 조금씩 트이는 중입니다.

내가 주변의 작은 변화에 주의를 기울여 알아차리면, 그게 곧 배려이자 공감이 아닐까요?

date

지금 나의 마음은…

준비

꽃이 피면 모든 것이 가능해집니다. - 오스카 와일드(소설가)

봄이 들면
스스로를 밀어올려
터트리는 꽃.

대신 피워주는 봄은 없었습니다.
기대만으로
꽃은 열리지 않았습니다.

봄이 닿자
드디어 몸을 열었습니다.
그 순간이 처음처럼 시작되었습니다.

꽃은 스스로 피어납니다. 사람 역시 마찬가지이지요. 모든 순간에서 나 자
신이 선택하고 결정하고 행동하며, 우리는 자신만의 잠재력을 일깨웁니다.
스스로를 믿고 나아가며 결국 자기실현이라는 나만의 꽃이 피어납니다.

date   .   .   .

지금 나의 마음은…

note. 05

아무것도 남기지 않은 해킹이 남긴 것들

휴가를 마치고 사무실로 복귀한 아침, 출고를 하기 위해 출고관리 사이트에 접속했습니다. 그런데 어찌된 일인지 웹사이트에 접속이 되지 않았습니다. 출고 마감 시간은 다가오는데 여전히 접속이 되지 않았습니다. 그리고 곧 웹사이트에는 전혀 예상하지 못한 공지가 하나 올라왔습니다. '랜섬웨어 해킹 공격을 받아 데이터베이스 복원이 불가능하다'는 것이었습니다.

10년 넘게 거래해온 출고관리 사이트 업체의 서버 데이터가 모두 날아간 것입니다. 데이터를 해킹한 해커는 그 업체에게 데이터를 복구해주는 '복구키'를 넘겨주는 조건으로 거액의 돈을 요구했습니다. 수백 개 업체의 데이터를 관리하던 그 업체는 다급한 마음에 해커의 요구를 들어주었지만, 그들은 결국 복구키를 주지 않았습니다. 다행히 백업 데이터가 남아 있어 전부를 잃어버리진 않았습니다.

사실 저에게 해킹 피해가 이번이 처음은 아닙니다. 제가 20대부터 운영해온 개인 블로그가 있었습니다. 그 블로그에는 20년 치 저의 글과 사진, 그림을 담은 자료들이 있었지요. 그러던 어느 날, 블로그 접속이 안 되면서 관리자인 제가 저의 블로그에 로그인을 할 수 없는 상황이 되어버린 것입니다. 저를 증명하지 못하면 한 달 안에 블로그는 폐쇄된다는 안내문구와 함께였습니다.

저는 블로그 회사에 문의를 했습니다. 하지만 고객센터로부터 받은 대답은, 제가 저를 증명할 방법이 없으니 복구가 불가능하다는 것이지요. 경찰에 수사를 의뢰하면 블로그 회사도 협조하겠다는 말이 유일한 희망이었습니다. 그 말을 듣고 바로 사이버수사대에 신고를 했습니다. 하지만 경찰은 블로그 회사의 갑질이라는 '소견'만 내놓았을 뿐, 수사권은 발동할 수 없다는 회신을 주었습니다. 그 사이에서 저는 핑퐁게임의 탁구공이 되어 결국 지쳐 나가 떨어졌습니다. 그리고 깨달았습니다.

'아, 나는 결국 2.7g의 탁구공에 지나지 않는구나.'

무력감이 밀려왔습니다. 블로그 폐쇄 날짜가 점점 다가올수록 똥 마려운 강아지마냥 안절부절 못했습니다. 제가 할 수 있는 방법은 아무것도 없었습니다. 고객센터 상담원에게 불합리함을 이야기해보았지만, 상담원은 매뉴얼대로 답할 뿐이었습니다.

그렇게 시간이 흘러갔습니다. 20년 간 쌓아놓은 글에 집착할수록 하루하루 앞으로 나아가지 못하는 느낌이 들었습니다. 하지만 내 힘으로 나의 자료들을 가져올 수 없다면, 생각을 달리 하는 것이 방법이었습니다. 생각해보면 20년간 일기 쓰듯 써온 글들이 나의 동력이 되어 지금껏 살아올 수 있었으니, 그 글들은 이제 역할을 다 한 것이 아닐까? 그렇다면 이제 그 글들을 놓아주어도 되지 않을까? 그렇게 마음을 내려놓으니 한결 편안해졌습니다. 그렇게 몇 달 후 블로그는 폐쇄되었습니다.

그 일이 있은 지도 5년이 훌쩍 지났습니다. 그 사이에 지난 글들에 대한 미련이 없는 것을 보면 제 인생에서 대단한 사건은 아니었구나 싶기도 합니다. 오히려 찌질하고 궁상맞던 20대의 글들을 들춰보지 않을 수 있어서 다행이랄까요.

❧

저는 출고관리 사이트 업체의 해킹 소식을 들었을 때, 블로그 해킹 때만큼 동요하지는 않았습니다. 살면서 이런 일이 비단 데이터에만 있을까 싶기도 합니다. 돌이켜보면 한순간 아무것도 남지 않은 일을 수없이 겪어왔으니까요.

흙이 바람에 쌓이고 없어지고를 반복하면서 지층으로 남아 지구의 역사를 보여주듯이, 살면서 없어진 것들이 꼭 없어진 것은 아니겠구나 하는 생각도 듭니다. 미련을 버리지 못하고 쌓아둔 물건들은 과감히 버릴 필요도 있습니다. 더 이상 필요없는 것들이 생각보다 자리를 차지할 때가 있으니까요. 버려야 채울 수 있는 것들이 있으니까요.

가지치기

나무는 가끔 가지를 잘라내야
더 높이, 더 멀리 자랍니다. – 앙리 마티스(화가)

저기 매달린 마른 꽃,
한때 가장 빛났던 그 꽃도
이제 나를
소모하게 만드는 꽃이 되었습니다.

놓아주세요.
꽃이 진 자리에
햇살이 먼저 들게요.

우리는 한번 내 손아귀에 들어온 것을 놓치지 않으려 집착합니다. 그 욕심
속에서 시야가 좁아지고 현재를 잊은 채 아등바등하지요. 하지만 꽉 부여
잡은 손에 힘을 빼야 비로소 다른 변화의 기회를 잡을 수 있습니다.

date

지금 나의 마음은…

순간

꽃 피는 순간은 잠깐입니다. – 버지니아 울프(소설가)

지금 여기에
주저 없이
머뭇거릴 틈도 없이
온몸으로 피어납니다.

지금이 바로,
꽃이 필 그때입니다.

부디 놓치지 마세요.

잊지마세요. 우리는 '지금 이 순간'에 살고 있습니다. 현재를 충분히 경험하고 느껴보세요. 곧 과거가 되어버릴 지금을 놓치지 마세요.

date

지금 나의 마음은…

꽃은 지고 피고

꽃은 회복을 알아요. – 오드리 헵번(배우)

꽃은 피었다가 지는 게 아니라,
지고 나면 또 피고,
지면 다시 피는 거예요.

계절이 돌아서도
꽃은 또 지고 피는 거예요.
그렇게 지고 또 피는 거예요.
그게 바로 꽃인 거예요.

올해의 꽃은 사라져도 내년의 꽃은 또 다른 준비를 합니다. 지금 괴로운 일
이 있나요? 이 시련은 결국 나의 내면이 성장 과정임을 잊지 마세요. 우리
의 고통도 결국 끝이 나고, 반가운 시작으로 이어질 겁니다.

지금 나의 마음은…

향기

꽃은 져도
향은 남습니다. – 자기 바수데브(명상가)

당신은 나에게
피어 있던 순간보다
스며 있던 마음으로 남았습니다.

꽃보다 오래 남는 건
잡을 수도 없고 볼 수도 없는,
가장 안쪽 가슴께에 들어앉은
당신입니다.

과거에 어떤 일에 대한 감정은 기억이 나는데 정작 그 일이 무엇이었는지
기억 나지 않는 때가 있어요. 우리는 실제로 겪은 일보다 그것이 남긴 감정
의 여운을 더 잘 기억해요. 나는 상대에게 어떤 감정의 흔적으로 기억될까
요? 오늘 하루 좋은 향기로 남는 시간을 만들어보세요.

date   .   .   .

지금 나의 마음은…

첫사랑

꽃보다
먼저 시들기에
달콤한 첫사랑입니다. – 가이벨(시인)

영원할 것 같아도
꽃이 피었다 지듯이
첫사랑도 기다릴 줄 몰라서
더 일찍 시들었습니다.

서툴러서,
서둘러 져야 했던 마음이
첫사랑입니다.

첫사랑은 대부분 미숙한 상태에서 시작되기에, 지속적인 사랑으로 이어지기 어려운 경우가 많습니다. 하지만 그 경험이 쌓이면서 우리는 더 깊은 사랑을 할 수 있어요. 첫사랑을 통해 사랑하는 법을 배웠고, 더 단단한 사랑으로 나아갈 수 있습니다.

지금 나의 마음은…

한 자리

"역경을 이겨낸 꽃은
귀하고 아름답단다." – 영화 〈뮬란〉

한 자리에 머물러도
자라고 있단다.
눈에 보이지 않아도
어제보다 속은 더 여물어 있단다.
되풀이하는 것 같아도
잘하고 있단다.

너무 염려하지 마.
누구보다 곱게 필어날 거란다.

너무 고통스러울 때, 우리는 그 순간에 정지되고 갇혀버렸다는 생각에 빠
집니다. 하지만 그 과정 속에서 우리 내면에서는 중요한 변화가 생기고, 그
흐름은 결국 성장으로 이어집니다. 언젠가 내 내면의 단단함에 깜짝 놀랄
지도 모릅니다. 우리 모두 각자의 속도로 나만의 꽃을 피워가고 있습니다.

지금 나의 마음은…

곁

나에게 스며들지 않는
별과 바람과 햇빛과 숲이라면
다 무슨 소용인가요. – 에드워드 모건 포스터(소설가)

늘 곁에 있었어요.
출근 길의 하늘과
문 틈새의 바람과
담벼락 아래의 민들레가.

문 앞의 벚꽃과
돌 무더기 위에 이끼와
단층집 너머 라일락이 여태,
기다리고 있었어요.

출근 길에 잠깐이라도 하늘을 바라보고 구름의 모양이나 빛을 관찰해보세요. 이어폰을 잠시 빼고 새소리와 바람 소리, 빗소리를 들어보세요. 커피 대신 녹차, 허브차, 꽃차를 마시며 은은한 향을 맡아보세요. 자연은 멀지 않습니다. 주의를 기울이면 언제나 곁에 있다는 사실을 알게 됩니다.

date　　　.　　.　　.

지금 나의 마음은…

힘

저 완연한 참나무–
내 키에 두 곱절이나 깊게
뿌리 내리고 있는 힘! – 조셉 B. 워슬린(신학자)

천 년을 살아낸 나무의 키는
위로 자란 길이보다
아래로 내려간 깊이가 두 곱절이다.

어둑하고 조용한 흙 속에서
조금씩 힘을 길러온
밑에서부터 자란 저 뿌리다.

진짜 강한 사람은 묵묵히 단련된 내면의 힘을 가지고 있습니다.

지금 나의 마음은…

푸나무* 터

숲길을 걷다보니 어느새
내 키가 나무를 넘었습니다. – 헨리 데이비드 소로(자연주의자)

집보다 작은 내가
풀 숲 사이에 들면
도리어 내가 숲을 품었습니다.
숨 쉬고 바람을 맞고,
햇살 사이로 걸어 들어갈수록
나는 점점 커다래집니다.
숲 속으로 사라진 나는
더 이상 작지 않습니다.
나는 나무가,
나무는 내가 되었습니다.

*푸나무: 풀과 나무를 아울러 이르는 말

도시의 빌딩 숲 속에서는 작고 보잘것없어 보이지만, 자연에 들어서면 오히려 내 안이 넓어지는 걸 느낍니다. 광활한 자연 속에서는 왠지 나는 더 크고 확장되는 느낌이 들지요. 우리는 자연의 커다란 흐름의 일부이고, 원초적인 본능이 이어지고 있기 때문입니다. 잊지 마세요. 우리는 든든한 자연과 늘 함께합니다.

지금 나의 마음은…

숲

숲은 내가 있기 전부터
저 자리에 있었습니다. — 레이첼 카슨(생물학자)

나는 숲의 한 자락입니다.
내가 이곳에 오기 전부터
저기서 바람 맞던 숲은
내가 사라져도
저기서 바람 맞을 겁니다.

숲이 나를 기다린 적도,
기억한 적도 없지만
나는 분명 그 품에서 자랐습니다.
나를 키운 건 저 숲이었습니다.

숲은 인간보다 오래된 존재입니다. 우리는 그에 비하면 잠시 이곳에 스쳐
가는 존재에 불과해요. 내가 없으면 안 된다고 느껴질 때, 숲을 떠올려보세
요. 내가 없어도 싹은 돋고, 열매는 맺습니다. 이런 생각은 '모든 걸 내가 감
당해야 한다'는 생각에서 벗어날 수 있게 도와줍니다.

date

지금 나의 마음은…

쉰다는 건

풀밭에 드러누워 하루 종일
하늘을 바라본데도
그건 게으른 게 아니야. – 존 러벅(자연사학자)

풀밭에 누워 있어 보면
어느새 조용히,
생각들이 천천히 자리를 펴고서는
내 옆으로 나란히 누워 있거든.
상상이 풀꽃처럼
피어나거든.

'무언가를 해야만 해' '더 나아져야 해'라는 강박은 우리를 쉴 수 없게 해요.
쉬면서 죄책감을 느끼는 건 이 때문이에요.

date

지금 나의 마음은…

숲이 있으니까요

"이 나라 사람들은 왜 이렇게
여유롭고 느긋해 보이는 걸까요?"
"숲이 있으니까요." – 영화 〈카모메식당〉

핀란드 사람은 고요하고요.
급하지 않아요.

나무와 나무 사이를 걷고
잎이 흔들리고
도토리가 떨어지는 소리를 듣다보면
더 천천히 더 가까이 들여다보게 돼요.

우리, 숨 돌릴 수 있는 그 틈으로 가요.
숲이 있으니까요.

너무 바빠도 잠깐 멈춤하여 마음의 공간을 만들어보세요. 내 마음에 귀를
기울여 상태를 물어봐주세요. 일상에 허덕이며 쫓기는 나를 발견하면, 잠
시 멈추어 자연을 찾아보세요. 자연의 흐름에 나를 풀어주면 우리는 금방
충전이 됩니다. 일을 하던 중에도 나의 안부를 물어보며, 자연과 교감해보
세요.

date   .   .   .

지금 나의 마음은…

천 년의 시간

숲이 있는 한
희망은 자랍니다. – 톨킨(판타지 작가)

맨살 드러낸 흙바닥 위로
바람이 툭, 씨앗 하나를 굴려놓더니
그 점 하나가
천 년을 버틸 그늘이 되었습니다.

가장 먼저 자란 덤불이 자리를 펴고
나무들이 서로의 어깨 빌려 서며
숲이 되었습니다.

그 숲은,
기다림으로 층층이 쌓아올린
희망입니다.

현대 사회는 빠른 변화와 즉각적인 결과를 원하지만, 변화하는 데는 시간
이 걸립니다. 천천히라도 괜찮습니다. 진정한 변화는 오랜 시간에 걸쳐 이
루어지니까요.

date　　.　　.　　.

지금 나의 마음은…

순정

"나무는 한 번 자리를 정하면
절대로 등지지 않아요." – 영화 〈국화꽃 향기〉

둥지를 튼 자리가 곧 전부입니다.

스스로 정한 땅에서
묵묵히 머무르는 마음입니다.

세상이 바뀌어도
처음 마음을 놓지 않으려는 태도입니다.

머물면서 보여주는 뿌리의 진심,
그것이 순정의 깊이입니다.

헌신이란 스스로 선택한 것을 끝까지 지켜나가는 의지와 태도예요. 인간관
계, 직업, 목표 등 가치를 만들어가는 데 필수적이지요. 세상이 변해도 나의
가치와 신념을 지키는 태도는 삶의 방향성을 명확하게 해줍니다.

date . . .

지금 나의 마음은…

오래전, 신전

세상에서 가장 오래된 신전은
숲이었습니다. – 윌리엄 C. 브라이언트(시인)

오래전 사람들은
나무 사이를 돌아다니는 바람에게
신의 숨결을 느꼈습니다.

숱한 나무들이 제 몸을 세워 하늘을 떠받쳤고
새의 울음소리와 나뭇잎이 파르르 떠는 소리는
그곳에 깃든 기도였습니다.

사람이 손으로 벽돌을 쌓기 훨씬 전부터
숲은 이미 신의 집이었습니다.
가만히 지켜주는
오래된 신전이었습니다.

우리는 바쁜 현대 사회에서 자연과 단절된 삶을 살고 있지만, 자연과 다시
연결될 때 더 깊은 위로를 받아요. 숲은 단순한 나무의 집합이 아니라, 우리
의 마음을 차분하게 만들어주는 공간이에요. 오늘 잠깐이라도 공원이나 숲
을 걸어보세요.

지금 나의 마음은…

note. 06

식물은 나에게 ○○이다

파주의 한 갤러리에서 작은 전시를 열 기회가 있었습니다. 식물을 키우면서 틈틈이 식물 그림을 그려왔거든요. 한 날은, 지인이 전시장을 찾았습니다. 한참 동안 그림을 감상하더니 저에게 물어왔습니다.

"식물의 힘은 뭘까요?"

저는 곰곰이 생각하고 이렇게 말했습니다.

"녹색의 식물이 저에게 주는 힐링도 큰 힘이 되지만, 식물은 관계를 확장

해주는 힘이 있어요."

식물 키우기라는 취미는 나만의 공간에서 혼자 식물과 교감하며 관상하는 정적인 활동입니다. 하지만 지금은 SNS를 통해 내가 키우는 식물을 많은 사람들과 공유하고 이야기하는 시대가 되었지요. 그러니 식물 키우기란 지극히 사적이면서 동적인 취미입니다. 저에게 역시 식물이란 단순히 관상 그 이상의 의미가 되었습니다. 제가 말을 이었습니다.

"제 본업으로 만난 사람들보다 식물을 키우면서 만난 사람들이 더 많은 것 같아요."

과장을 조금 섞은 말이었지만 틀린 말도 아니었습니다. 적어도 식물이 맺어준 관계는 본업에서 맺은 관계보다 깊은 연대감을 만들어주었기 때문입니다. 특히 식물 유튜브 채널을 운영하면서 많은 식물집사님들을 만났습니다. 일면식도 없는 분들이 대부분이었지만, 영상 촬영을 한 이후에는 어느덧 식물 크루로서 도움을 주고 받는 사이가 되었습니다. 식물이 아니었다면 불가능했겠지요. 저는 전형적인 내향인입니다. 지금도 어머니는 제가 유튜브에서 방송하는 모습을 보면 깜짝 놀라시며 말합니다.

"아니, 쟤가 어디 가서 말이나 제대로 할까 걱정했는데 이게 뭔 일이래니?"

저는 여전히 사람을 만나는 일보다 '혼자 노는 일'을 더 좋아합니다. 하지만 적어도 식물 이야기를 할 때만큼은 외향인으로 돌변합니다. 식물을 잘 키우는 사람이 있다는 소문을 들으면 카메라를 들고 어디든 달려갑니다. 그리고 촬영을 하기 전 1시간 정도는 그와 식물 이야기 보따리를 풀어내기 시작하지요. 촬영을 하기도 전에 이미 친구가 되어버린 느낌입니다. 어떤 분은 저를 보고 '이 사람이 촬영은 언제 하려고 수다만 떨고 있나'라고 생각한 적도 있다고 합니다. 이런 저의 모습을 보면 식물의 힘이 대단하다고 생각할 수밖에 없습니다.

🌿

전시를 오픈하던 날, 미술관 큐레이터로 근무하는 지인이 이런 덕담을 해주었습니다.

"이번 전시가 많은 분들을 만나는 소중한 기회가 되길 바랄게요."

사실 그의 덕담을 조금은 상투적인 인사치레쯤으로 생각했습니다. 그런데 막상 전시를 오픈하고 보니 그분의 말의 뜻을 단박에 이해할 수 있었습니다. 전시라는 것은 나의 작품을 소개하고 보여주는 자리이기도 하지만, 그간 관계를 맺어온 이들과 새로운 공간에서 만나는 시간이기도 했습니다.

그림을 그리며 침잠했던 시간들은 작품이 전시장에 걸리고 전시를 보러 온 분들을 통해 보상 받았습니다. 먼 거리를 마다하지 않고 전시장에 오겠다는 지인의 연락을 받고 전시장 앞에서 그를 맞이하는 기분은, 호프집에서 약

속을 잡고 만나는 그것과는 달랐습니다.

그가 전시장 문앞에 들어설 때 온기가 함께 밀려들어옵니다. 전시장이 환
해집니다. 그 온기는 그가 전시장을 떠난 후에도 한참 떠돌아다니며 공간의
구석구석을 채웁니다. '집 안에서만 사는 식물들이 저를 집 밖으로 나오게 한
것이구나' 하는 생각이 드는 순간입니다.

눈부신 꽃

단 하나의 꽃이 되세요. – 코리 부커(정치인)

같은 장미라도 빛깔이 다르고
같은 튤립도 키는 제각각이었어요.

한 뿌리를 쥐고 있는 꽃들마저
결이 다른 것처럼
꽃은 누구와 견주지 않고
자기 모양대로 피어났어요.

주어진 빛과 이야기를
흩뜨리지 말아주세요.

피어난 순간부터 이미
눈부신 꽃이잖아요.

비교는 불안과 낮은 자존감으로 이어져요. 남과 비교하는 대신 과거의 자신과 현재의 자신을 생각하며 성장에 집중해보세요. 자신의 고유한 가치를 발견하고, 비교에서 벗어나 스스로를 받아들인다면 나를 지금 그대로 빛나게 할 것입니다.

date　　　.　　.　　.

지금 나의 마음은…

꽃처럼 살아요

사람들은 자주 다른 눈에 비친 나를 살펴요.
꽃이 선인장이 되려 하거나
야자수처럼 커지려고 해요. - 스테판 하우저(첼리스트)

선인장은 물 한 방울 없이 버티고
야자수는 남풍을 등에 업고 웅장하게 자라는,
그 곁에서 생각했습니다.
'나는 왜 저렇게 크지 못할까?'

다른 무언가가 되려고 하니
나로 피어날 자리가 멀어졌습니다.
그냥 꽃처럼 살기로 했습니다.

우리는 진화적으로 타인의 시선과 반응에 민감하도록 사회화되었어요. 어쩌면 '비교'는 인간의 생존전략이지요. 하지만 이것이 너무 지나치면 자기 자신을 자꾸 갉아먹게 되고, 자신의 가치를 잃게 됩니다. 비교의 틀에 빠진 뇌는 꼬리에 꼬리를 무는 생각으로 쉴 틈이 없어요. 생각에서 빠져나오려면 소근육 활동이라도 해보세요. 나를 위해 조금씩 움직여보세요. 내가 보여야 타인도 보입니다.

date

지금 나의 마음은…

싹이 틀 때

너의 가슴에는
선잠에서 깬 씨앗들이 뒤척이고 있단다.
이제, 싹 틔울 때만 기다리고 있단다. – 우에시바 모리헤이(무도 창시자)

작은 씨 하나도 바람에 실려
숲으로, 바위 틈으로,
마른 땅 위로 구르다 보면
뿌리를 내리게 마련이란다.
떠도는 것 같아도
자기 자리를 차곡차곡
찾아가는 거란다.

너의 씨앗도 지금,
너의 흙을 기다리면서
웅크리고 있단다.

인간에게는 본연의 힘이 있어요. 환경이 안 좋아도 버틸수 있고, 예측 불가
능한 삶을 살아낼 수 있습니다. 그 고단함과 아픔을 통과하며 우리는 성장
하는 중입니다. 지금 너무 힘든가요? 괜찮습니다. 흔들리며 가고 있는 과정
입니다. 당신의 잘못이 아니에요. 자연의 흐름에 맞추어 함께 살고 있다는
걸 잊지마세요.

지금 나의 마음은…

바람

나무가 있으니
바람도 있습니다. - 노자(철학자)

바람이 불지 않은 건
곁에 나무가 없기 때문이었습니다.
잎 하나 흔들리지 않으니
바람도 몸을 감춘 겁니다.

나무가 조용히 움직이자
바람은 다시 불었습니다.
언제나 거기 있었습니다.

바람이 불 수 있던 건
이파리가 흔들렸기 때문입니다.

모든 존재는 연결되어 있어요. 바람은 나무가 흔들려야 볼 수 있듯, 우리는
타인과의 관계 속에서 나의 존재를 확인합니다. 타인을 통해 나를 발견하
고, 나 역시 타인의 삶에 영향을 주고 있습니다.

date   .   .   .

지금 나의 마음은…

가끔은 나무

가끔은 꽃이 아니어도 괜찮아요.
나무처럼 살아도 좋아요. — 장윤주(모델)

꽃이 필 때
세상에서 빛나지만
곧 불 꺼지고 말아요.

순간 순간
반짝일 필요는 없어요.

한자리에 오래 서서
수많은 계절을 건너다니는
나무에겐
천천히 익어가는 온기가 있어요.

화려하고 대단한 성취만이 성공은 아닙니다. 묵묵하게 자신의 소임을 다하
고 자기 자리를 지키는 것 또한 대단합니다. 외부의 인정과 찬사보다 내가
내 삶을 수용하는 것이 중요합니다. 나만의 삶의 방식으로, 우리는 각자 살
아가면서 또 다시 연결됩니다. '나'라는 나무가 '당신'을 만나 숲이라는 큰
존재를 이룹니다.

지금 나의 마음은···

살아 있다는 건

그 자리에 그대로라면
어딘가가 틀어진 겁니다.
살아 있다는 건 아주 조금이라도
움직인다는 뜻이에요. – 함자 유수프(이슬람 신학자)

나무가 더 이상
자라지 않는다면
조용히 시들어가고 있는 겁니다.

나무가 더 이상
잎을 내지 않는다면
보이지 않게 천천히
사라지고 있는 겁니다.

굴곡이 없는 게 좋은 것만은 아니에요. 흔들림이 없다는 건 어쩌면 정체를
말하는 것 아닐까요? 작은 변화를 마주하면 누구나 두려움에 주저하게 됩
니다. 잊지 마세요. 흔들림은 성장의 기회입니다.

date   .   .   .

지금 나의 마음은…

그래야 숲이지요

사방이 온통 꽃이라면
눈길은 어디에도 머물지 못할 거예요.
서로 다르기 때문에
서로가 더 또렷해지는 거예요. – 리처드 제프리스(영화감독)

풀도 있고 나무도 있어야
세상이라 부릅니다.

꽃만 있거나 풀만 있으면
그건 숲이 아니지요.

꽃도 살고,
풀도 살고,
나무도 살아야, 그래야 숲입니다.

우리는 다 다릅니다. 똑같을 수 없습니다. '나'를 먼저 안아주세요. '나'를
먼저 챙기고, '나'를 돌봐주세요. 그래야 타인도 배려할 수 있답니다. 공동
체의 구성원, 각자가 건강해야 전체도 균형을 잡을 수 있습니다.

date . . .

지금 나의 마음은…

시간이 쌓은,

기다림 속으로
사랑이 깃듭니다.– 존 러스킨(문학평론가)

나무는 천천히
시간을 쌓았습니다.
수십 년을 그렇게 커간 뒤에야
시간으로 쌓은 잎사귀로
당신의 더위를 덮어주었습니다.

나무는 오늘도
하루치 사랑을 바람 안쪽에 눌러 담고
서 있었습니다.

뿌리가 깊은 나무는 자기 자신만을 위한 것이 아닙니다. 나라는 울창한 나무가 바로 서야, 다른 존재를 품어줄 수 있는 그늘도, 공간도 생겨납니다. 이러면서 사회적 지지가 이루어집니다. 내 마음의 안녕과 안부 묻기를 외면하지 마세요. 내가 안녕해야 누군가에게 손을 뻗을 수 있습니다.

date   .   .   .

지금 나의 마음은…

늦게 핀 꽃

나는 염소자리고요.
염소자리는 꽃을 늦게 터뜨리는 별입니다. – 매리앤 페이스풀(가수)

같은 시간 속에 서 있어도
누구는 아직 봄이었고
누구는 벌써 낙엽을 떨궜어요.

같은 계절 안에 살았아도
누구는 준비를 했고
누구는 마무리를 했어요.

같은 날을 지났어도
다른 박자로 걷고 있어요.

늦게 피어도 오래 자리를 지키는 나는,
염소자리입니다.

어떤 사람은 일찍 자신의 길을 찾고, 어떤 사람은 돌고 돌아 나중에서야 방
향을 찾습니다. 타이밍이 늦는 것은 절대 실패가 아닙니다. 성취의 속도 여
부는 결과와 내 삶에 대한 만족도와는 별개라는 연구도 많습니다.

date . .

지금 나의 마음은…

"안스리움은 서로 다른 종과 섞임으로써 더 아름답고 강인한 형질을 만들어냅니다. 그들은 이미 알고 있었습니다. 서로 다른 종과 적극적으로 섞이는 교배 전략만이 척박한 열대우림의 환경에서 살아남을 확률이 높다는 것을 말이지요."

— 〈넌 잡종이지? 100점 만점이야〉 중에서

verse. three

나무의 그 따뜻한 말 한 마디

시간은 ctrl+z되지 않아 다행이야

저는 아이패드로 그림을 그립니다. 아이패드의 애플펜슬은 디지털 화면에 터치를 하는 방식이기 때문에 반영구적이라고 생각할 수 있지만, 연필처럼 쓰면 쓸수록 펜촉이 닳는 구조로 되어 있습니다. 처음에는 애플의 대단한 상술이다 싶었습니다. 디지털 필기구의 펜촉이 닳는다는 게 언뜻 이해가 되지 않았기 때문입니다. 하지만 막상 써보니 이유를 알게 되었습니다. 연필처럼 물리적으로 마찰력을 일으켜 덜 미끄러지게 한다거나, 붓처럼 필압 조절을 구현하기 위해서 펜촉을 닳게 했겠구나 생각하게 되었지요.

펜촉이 닳면 그 부분만 교체하여 새 펜촉으로 갈아끼우면 됩니다. 펜촉은 소모품이다보니 닳아서 못 쓰게 된 펜촉을 그냥 휴지통에 버렸습니다. 그런데 언제부터인가 저는 그 펜촉들을 버리지 않고 모으기 시작했습니다. 몇날 며칠 아이패드와 사투를 벌이며 그림 하나를 완성하고 나면, 온몸에는 온통 물감 투성이가 아니라 닳아버린 펜촉 몇 개가 남을 뿐입니다. 그러니 남는 것이라고는 때가 끼고 뭉뚝해져 있는 펜촉뿐이지요.

저는 어렸을 때 연필 쥐는 법을 잘못 배워 엄지와 검지, 중지 세 손가락으로 연필을 움켜잡습니다. 그 덕(?)에 영광의 상처라 할 만한 굳은살조차 박이지 않습니다. 다 쓴 펜촉은 그림을 그리며 벌인 사투의 기억을 간직하기 위한 콜렉션인 셈입니다.

세계적인 아이패드 드로잉 작가 루이스 멘도(Luis Mendo)는 아이패드 드로잉의 최대의 장점이 언두(Undo, crtl+z) 즉, '되돌리기'라고 말했습니다. 잘못 그리면 취소하고 다시 그릴 수 있다는 것입니다. 한편, 아흔을 바라보던 화가 데이비드 호크니(David Hockney)도 아이패드가 출시되자마자 아이패드로 그림을 그리기 시작했습니다. 그는 말했습니다.

"아이패드로 뭐든 그릴 수 있다네!"

저에게 아이패드 역시 드로잉의 상상력을 실현해준 도구입니다. 12인치의 작은 화면으로 300인치 크기의 그림을 그릴 수 있게 해주었습니다. 작품

하나를 그리기 위해 한 달 동안 아이패드의 화면을 두 손가락으로 늘였다 줄여가며, 애플펜슬로 픽셀 단위만큼 작은 점을 찍으며 식물 그림을 그리고 있으면 가끔은 '내가 지금 뭘 하고 있는 거지?' 싶을 때도 있었습니다. 하지만 완성된 그림을 보고 있으면 벌써 생각은 다음 작품으로 가 닿아 있지요. 운 좋게도 저의 그림을 본 갤러리의 관장님이 전시 제안을 주셔서 그간의 '시름'을 보상 받을 수 있게 되었습니다.

작품이 팔리는 것보다 중요한 것은 저의 그림을 세상에 보여줄 수 있다는 것이었습니다. 그것만으로도 되돌리고 그리기를 반복하며 작품을 그린 시간들이 결코 헛되지 않습니다.

↴

전시가 한창이던 어느 날, 미술을 전공한 한 선배가 전시장을 찾았습니다. 제가 그에게 말했습니다.

"저는 그림 전공이 아니다 보니 오히려 모사의 방식으로 형태를 '무식하게' 그려내는 방법을 선택했는지도 모르겠어요."

제 말을 듣더니 그가 말했습니다.

"스킬은 그릴수록 늘게 되어 있어. 그런데 스킬이 늘 때 오히려 그 세련된 스킬을 스스로 경계해야 해. 신선한 상상력이 스킬에 묻힐 수 있거든. 사람들은 작품을 볼 때 작가가 얼마나 잘 그렸는지, 그리고 얼마나 똑같이 그렸는지로 평가하지 않거든."

　그의 말은 위로가 되었습니다. 기술보다 내용이 중요하지 않겠냐는 말로
들렸기 때문입니다. 그림을 그리기 시작하면서 하루아침에 노안이 찾아왔습
니다. 눈에서 손에 든 휴대전화 화면의 거리가 점점 멀어지고 있습니다. 그래
도 괜찮습니다. 그림을 그리고 전시를 할 수 있었다는 것만으로 언두하지 않
아도 좋을 만큼 꿈 같은 시간이었기 때문입니다. 아니, 시간이 언두되지 않아
천만다행입니다.

높은 곳의 나무는

높은 곳일수록 바람이 많아서
나무들은 더 작게 자라. – 이효리(가수)

산이 높으면
바람은 되레 휘몰아치거든.

그곳의 나무들은
제 키를 낮추고
잎은 작게 오므리고
뿌리를 더 깊숙이 묻어.
줄기는 저절로 무게를 얻는 거지.

산마루에 선 나무들은
흔들리면서도 허투루 뽑히지 않아.

바람이 거센 곳에서는 외형이 큰 것이 중요하지 않아요. 단단함을 가져야
합니다.

date   .   .   .

지금 나의 마음은…

다시 뿌리

아무리 큰 나무도
그 꽃과 잎은 결국
뿌리 위에 떨어집니다. – 노자(철학자)

가을이면
하늘을 덮은 잎들이
땅 위로 돌아옵니다.
색을 다 태우고,
빛을 다 흘리고 나면
남는 건
처음 있었던 그 자리.
가장 멀리 날아간 잎도
다시 뿌리 곁으로
내려와 쌓입니다.

인생은 순환의 과정이에요. 우리가 경험한 것, 배운 것, 떠났던 곳. 모든 것은 원점으로 돌아오지요. 계절이 돌아오듯 삶의 경험도 언젠가 되새기는 순간이 찾아옵니다. 어린 시절의 꿈을 잊고 지내다가, 나이가 들어서 다시 그 꿈을 떠올리는 순간이 올 수 있어요. 누군가를 이해하지 못했던 경험이 비슷한 상황을 겪고 나서야 비로소 깨닫게 되는 순간도 있고요. 삶의 경험은 돌고 돌아 결국 다시 나에게 돌아옵니다.

지금 나의 마음은…

Claude Monet

나무처럼

낮 동안의 소란스러움이 가시고
모두가 제 빛을 찾는 시간.
하루의 말들은 가라앉고
흩어진 마음이 모이는 시간.
나무처럼 말 없이 키가 자라는
사랑스러운 시간. − 생텍쥐페리(소설가)

낮의 속도가 빠를수록
밤은 더 고요해졌습니다.
그날 밤,
별빛처럼 문득
반짝이는 결심 하나.
밤의 속도로−
느릿하게,
나무처럼 자라날 거야, 다짐합니다.

우리는 끊임없는 자극과 문제 해결의 과정 속에서 살아가요. 하지만 밤이
되면 외부의 소음은 사라지고, 마음의 소리에 집중할 수 있어요. 밤의 시간
은 과도한 자극을 차단하고, 감정의 균형을 회복하는 데 도움을 줍니다. 밤
은 새로운 내일을 준비하는 회복의 시간이에요.

date

지금 나의 마음은…

지구는 미래에게 빌린 빚

나는 조상에게서 지구를 물려받은 게 아니고요.
아직 이 땅에 오지 않은 아이들에게
잠시 빌려 쓰고 있는 거예요. – 시애틀 추장(원주민 지도자)

내가 마시는 공기와 물,
내디딘 흙 한 줌까지
나는 아직 오지 않은 아이들의 내일을
미리 숨 쉬고 있습니다.
아이들의 시간을 당겨 쓰며 살고 있습니다.
아이들은
어떤 하늘을 남겨주었고,
어떤 땅을 돌려주었는지 물어볼 겁니다.

지구는
미래에게 한 줌 신뢰를 담보로
받은 빚입니다.

돈 주고 물건을 구입하면 그것은 당연히 나의 것이에요. 하지만 여기에는
환경이 희생한 비용은 포함되어 있지 않아요. 물건 값이 저렴한 이유는 자
원에 대한 비용을 지불하지 않았기 때문이지요. 단순히 물건을 사는 것이
아니라, 지구의 미래를 결정하는 선택을 하고 있다는 것을 기억해야 해요.

지금 나의 마음은…

완벽한 균형

자연에는 반듯한 선도 없고,
날선 모서리도 없습니다. – 가우디(건축가)

강은 몸을 구부리며
바다를 찾아나섰습니다.
나무는 사방으로 팔을 비틀어
햇살 닿는 쪽을 기억해냈습니다.
직선이 제일
빠른 줄 알았는데 아니었습니다.

강과 나무는
비틀고 흔들면서
가장 빠른 길을 찾았습니다.

우리는 종종 가장 빠르고 효율적인 길을 찾으려고 합니다. 하지만 인생에서 정해진 길은 없으며, 돌아가는 길이 때로는 더 나은 선택일 수도 있습니다. 정답은 없습니다. 문제를 해결해야 한다는 고정관념을 버리고 다양한 변화들을 겪어낼 수 있는 능력이 바로 '인지 유연성'입니다. 다들 각자만의 방식으로 자기의 길을 가고 있다는 걸 잊지 마세요. 당신이 옳습니다.

지금 나의 마음은…

실수

자연에겐 실수란 없어요. – 존 드라이든(시인)

나뭇가지가
제멋대로 뻗거나
꽃잎이
제 모양대로 피지 않은 건
바람이 발을 딛고 지나간
흔적 때문입니다.

그건
살아 있는 것들이
만들어낸
생명의 궤적입니다.

자연에서 보이는 불규칙성과 다양성은, 오히려 조화로운 아름다움을 만들어냅니다. 완벽주의(Perfectionism)는 스트레스를 유발해요. 완벽을 추구하기보다 자연스러움을 받아들이는 것이 건강한 삶을 만들어갈 수 있답니다.

date　　.　.　.

지금 나의 마음은…

그 바람을 끌어안고

"흔들리는 것을 두려워하지 않아야
더욱 아름다워질 수 있답니다.
당신도 꽃처럼 아름답게 흔들려보세요." – 이해인(수녀)

바람이 불면,
꽃은 그 바람을 밀어내지 않습니다.
이리로 저리로
기울고 비틀며
바람의 박자에 맞추어
제 자리를 그립니다.

마침내 끌어안던 그 바람이
지나고 나면–
꽃은 여전히 그 자리에 남아서
제 이름으로 피어납니다.

흔들림에 좋다, 나쁘다 판단을 하지 마세요. 있는 그대로의 마음의 물결과
소용돌이를 바라보세요. 우리의 마음도 살아 있기에 흔들림은 당연한 것입
니다. 놀라지마세요. 가만히, 바라보세요.

지금 나의 마음은…

나무에게,

나무에게서 기질을 배웁니다.
뿌리에게선 가치를,
잎에게선 변화를 배웁니다. - 타스님 하미드(시인)

북풍이 불면
바람을 이기려 들지 않고
결 따라 몸을 기울이는,

땅속의 깊이를 몰라도
뿌리 내리며
흔들림을 껴안는,

겨울이 와도 기다리는 자세로
자리 지키는 나무에게,
배우고 있습니다.

나무는 계절의 변화를 두려워하지 않고 담담하게 견뎌냅니다. 변화는 예측
할 수 없기에, 낯설기에 꺼려지지만, 우리 그 흐름을 한번 즐겨보아요. 모든
것에는 시작과 끝이 있으니까요.

지금 나의 마음은…

밑동

"열매가 많이 달린 나무는
바람이 불어도 흔들리지 않아요." –《탈무드》

가지가 비어 있을 땐
잔바람에도
호드득 몸을 떨지요.

열매가
하나둘 달리면
나무는 중심을 기억하고는
된바람에도 쉬이
흔들리지 않고요.

열매가 익을수록
밑동은 단단해져요.

뿌리가 깊은 나무와 같이 심지가 곧은 자기 확신을 갖게 됩니다. 환경보다
중요한 건 바로 나 자신임을 알게 되지요.

date

지금 나의 마음은…

나에게만 아름다운 꽃

"꽃으로도 때리지 말라." – 김혜자(배우)

아름다운 꽃조차도
누군가에게는 상처였다니
향기 나는 말 한 마디에도
날 선 건 없었는지 돌아봅니다.

내 마음이 곧 네 마음은 아니라는 걸.

그에게 꽃 한 송이 건네기 전에,
혹시 몰라
자꾸 들여다보는 마음입니다.

나에게만 아름다운 꽃이었다면
아무 소용 없었습니다.

타인의 마음을 함부로 재단해서는 안 됩니다. 나를 소중하게 대접하면서,
점차 그 영향력을 키워나가 다른 사람도 귀하게 여겨야 합니다. 숲의 조화
도 서로의 배려와 사랑으로 이루어지는 것처럼요.

date   .   .   .

지금 나의 마음은…

식물의 시간

식물과 보내는 시간은
결코 낭비가 아니야. – 카트리나 메이어(저널리스트)

식물을 키운다는 건
마음을 나누는 일이거든.
함께하는 거야.

식물에게 준
물 한 방울이
나의 왼쪽 가슴으로
먼저 흐르고 있는 거야.

식물을 키우는 것은 일방적인 돌봄이 아니라 상호적인 관계예요. 식물을
돌보는 과정 속에서 식물에게 주는 정성이 결국 자신에게 위로와 치유가
됩니다. 식물 키우기는 자신을 돌보는 과정이기도 합니다.

date . . . .

지금 나의 마음은…

넌 잡종이지? 100점 만점이야

〈해리포터〉의 마법 세계에서는 머글(인간) 태생인 헤르미온느가 말포이에게 "잡종(mudblood)"이라며 놀림을 받습니다. 마법사와 마법사 사이에서 태어난 순수 혈통이 아니라는 이유 때문이지요. 하지만 생각해보면 순수혈통이라는 것이 존재할까 싶기도 합니다. 지구의 모든 생명체는 태생이 잡종은 아닐까요?

식물의 세계에서도 마찬가지입니다. 식물에는 원산지에서 태어난 원종이 있고, 그중에서 원종과 무늬나 색깔이 조금씩 바뀌어 태어나는 변이종이 존재합니다. 그리고 원종 간의 교배를 통해 좀더 다양한 형태와 색깔을 만들어 내기도 합니다. 이처럼 하나의 종 안에서도 다양한 혈통(?)이 존재합니다.

얼마 전, 저는 열대 관엽식물 중 하나인 안스리움을 키우는 지인의 집을 방문한 적이 있습니다. 그는 약 60여 종의 안스리움을 모으고 있었습니다. 개체 수로만 보아도 100여 개가 훌쩍 넘는 식물을 방 안에서 키우고 있었지요. 안스리움은 열대의 정글에서 사는 식물이기 때문에 높은 습도가 필요합니다. 이런 까다로운 조건을 어떻게 집 안에서 맞춰주는지 궁금했는데, 그가 만들어놓은 환경을 보니 이해하고도 남았습니다. 방 하나에 대형 텐트를 쳐놓고 그 안에 식물을 키우고 있던 것이지요. 대단한 열정이었습니다. 대체 어떤 식물들이길래 이렇게 애지중지 키우는지 궁금해하지 않을 수 없었습니다.

텐트 안으로 들어서자 그는 자신이 키우는 식물들을 하나하나 소개해주었습니다. 성인의 몸통만 한 크기의 넓은 잎을 가진 식물부터 잎이 길이만 120센티미터가 넘는 길쭉한 식물까지 종류도 다양했습니다. 그는 원종의 안스리움도 키우고 있었지만, 서로 다른 종끼리 교배하여 탄생한 식물들도 꽤 많았습니다.

"안스리움은 다른 식물에 비해 교배가 잘돼요. 거기에 더해서 부모 식물의 형질에 따라 후대 식물의 형질을 예상하고 새로운 식물을 만들어내는 재미가 있어요. 그래서 다양한 패턴과 색깔의 교배종을 만드는 것이지요."

원종과 교배종이 만나거나, 교배종과 교배종이 만나면서 지금껏 볼 수 없던 형태의 식물이 탄생하는 것입니다. 이 식물의 원종만 전 세계적으로 1000종이 넘는다고 하니, 앞으로 교배될 식물의 수는 가늠할 길이 없어 보입니다. 심지어 같은 원종끼리 교배를 해도 그 사이에서 나온 후대 식물마저 조금씩 다른 형태를 보여줄 정도라고 합니다.

한 번 교배를 하면 한 꽃대에서 백여 개의 씨앗을 품게 되는데, 그중에서 특히 미학적 가치가 뛰어난 개체를 골라 이름을 부여하게 되는 것입니다. 물론 선택 받은 개체는 그중에서도 돌연변이일 가능성이 높습니다.

이렇게 교배된 식물 중에서 이른바 퀄리티 높은 교배종이 나올 경우 높은 금액에 거래가 되기도 합니다. 색상 팔레트에는 있지도 않은 지구상에 없는 듯한 독특한 색깔을 가진 식물이 등장하는 것입니다. 그야말로 마법의 세계에서 놀림 받던 '잡종'이 식물 세계에서는 가치를 인정 받는 셈입니다.

"이거 완전히 잡종의 세계네요!"

텐트 안을 가득 메운 이국적이고 화려한 안스리움을 보고 저는 이렇게 외치고 말았습니다. 어느 것 하나 자신이 진짜라고 외치기 힘든, 진정한 잡종의 세계였습니다. 이 안에서만큼은 누가 먼저이고 누가 나중인지, 누가 혈통이 좋고 덜 섞였는지는 의미가 없었습니다. 오히려 그 반대입니다. 잘 섞일수록 가치가 높은 것이 안스리움의 세계였습니다.

안스리움은 다른 종과 섞이고 새로운 종을 만들어내는 것에 거부감이 없었습니다. 나와 다르다고 배척하지도 않습니다. 오히려 안스리움은 서로 다른 종과 섞임으로써 더 아름답고 강인한 형질을 만들어냅니다. 그들은 이미 알고 있었습니다. 서로 다른 종과 적극적으로 섞이는 교배 전략만이 척박한 열대우림의 환경에서 살아남을 확률이 높다는 것을 말이지요.

그가 키우는 대부분의 '잡종' 안스리움들은 유독 생명력 넘치고 아름답게 보였습니다. 식물들은 그 안에서 "내가 진짜야"라고 말하지 않고 "진짜라는 건 진짜 중요하지 않아"라고 말하고 있었습니다.

변주

자연의 새로운 모습을 볼 때마다
나는 항상 아이처럼 좋아합니다. – 마리 퀴리(과학자)

스스로를 끝없이 섞고 짜맞추었습니다.
언제나 자기 안의 가능성을 탐색했어요.

하나의 종이 다른 종으로 건너갈 때,
아무도 예상하지 못했던 아름다움으로 돌아올 때
내 안의 우주가 조금씩 열렸어요.

자연은 끊임없이 변하며 새로움을 만들어내지요. 같은 나무, 같은 꽃에서
도 새로운 모습이 피어나듯, 우리도 스스로의 변화를 믿고 기다릴 때 더 큰
아름다움을 만날 수 있어요. 변화는 두려운 것이 아니라 기회니까요.

date . . .

지금 나의 마음은…

나무는 시

나무는 땅이 하늘에 쓰는 시ㅡ － 칼릴 지브란(시인)

나무는 아름다운 글귀ㅡ
나무는 땅과 하늘이 소통하는 언어ㅡ
잎새와
뿌리로,
가지와
빛으로,
그늘과
향기로 써내려가는,
한 편의 시ㅡ

나무는 땅과 하늘을 잇는 매개자입니다. 보이지 않게 흐르는 자연의 질서
를 지키며 중심을 잃지 않아요. 우리도 지나친 감정과 억눌린 욕망에 흔들
릴 때, 잠시 멈춰 "나는 지금 어디쯤 서 있는가" 하고 되물어보세요. 그것이
나무가 가르쳐주는 마음의 균형입니다.

date　　．　．　．

지금 나의 마음은…

흙의 법칙

"흙을 가까이 하면
흙의 덕을 배워 순박하고 겸허해지며
믿고 기다릴 줄을 알게 됩니다." – 법정 스님(수행자)

흙은
누구의 뜻도 따르지 않고
자기 법칙 안에서
순환합니다.

손보다
느린 것들에
먼저 귀 기울일 수 있다면
흙처럼 말 없이
기다리는 마음이 일어나겠지요.

모든 것을 내가 조절할 수 없습니다. 그것은 그야말로 '미션 임파서블 (mission impossible)'이지요. 우리 능력 밖의 일이에요. 우리 당연하게, 한번 받아들여봐요.

지금 나의 마음은…

나무의 날숨

언제나 나무에게
도움을 받고 있어요. – 요코 오노(예술가)

나무도 나에게 도움을 받았어요.
내가 내쉰 숨을
나무는 들숨으로 마셨고
나무가 뱉은 숨을
나도 들숨으로 마셨어요.

들숨과 날숨이 서로를 통과하면서
다시 돌아오는 것–
숨만 쉬어도
서로를 살리는
흔치 않은 관계였어요.

한 사람의 존재가 다른 사람에게 미치는 영향은 우리가 인식하지 못하는
사이에도 계속해서 이루어져요. 내 자신 속으로만 빠져들 때 주변에서 내
게 해주었던 좋은 말들을 기억해보세요. 분명 당신 덕분에 살아가는 사람
들이 있을 겁니다. 당신은 사랑받아 마땅할 사람입니다.

date   .   .   .

지금 나의 마음은…

풀의 이유

풀 한 포기도
소중하지 않은 것은 없습니다. – 토머스 제퍼슨(정치가)

풀은 아무 자리에
몸을 얹지 않았습니다.
자기 자리를 짚어내고
비켜선 틈을 찾아 자랐습니다.

어디선가
어김없이 푸른 숨 하나가 올라옵니다.
세상에 까닭 없이 자라는 풀은 없었습니다.
풀은 있어야 할 자리에
맞춤하게 들어앉았습니다.

자신이 하찮고 무가치하다고 느낄 때 삶은 비극이 됩니다. 존재한다는 것
자체로도 우리는 고유한 가치를 가지고 있습니다. 마음이 '지옥'일 때 자연
으로 돌아가보세요. 아주 큰 존재가 늘 당신을 지켜주고 있다는 것을 잊지
마세요.

지금 나의 마음은…

불필요한 것

"코코넛 나무를 떠올려봐.
우리는 코코넛에서 나오는 모든 것을 쓰고 있잖니." – 영화 〈모아나〉

한 점 헛됨이 없는 나무야.
껍질은 집이 되고
열매는 물이 되고
줄기는 기둥이 돼.

문득 생각해.
내 손에 너무 많은 걸 쥔 건 아니었을까.
그래서 오늘 나무에게 이야기했어.
"이제 괜찮아—."

소유와 소비가 많아질수록 더 풍요로운 삶이 될 것 같지만, 사실 단순하고 진짜 필요한 것에 집중하는 삶이 더 깊은 만족감을 주지요. 미니멀리즘은 단순히 물건을 줄이는 것이 아니라, 불필요한 걱정과 정신적 짐을 덜어내는 삶의 태도랍니다.

지금 나의 마음은…

스스로 그러한 것

자연은
인간을 특별히 아끼지 않아요. - 데카르트(철학자)

땅을 흔들고
물이 들이치고, 불이 번지는 건
자연, 그럴 뿐이었어요.

길을 내고 산을 깎고,
강의 물꼬를 돌리면
자연, 원래 있던 대로
다시 돌려놓을 뿐이었어요.

다만,
스스로 그럴[自然] — 뿐이었어요.

우리는 모든 것을 계획하고 결과를 예측하려고 해요. 하지만 자연은 우리
의 계획과 관계없이 자신만의 리듬과 질서로 존재하지요. 우리도 자연의
흐름에 순응하고 받아들이는 태도를 배워야 하지 않을까요.

date　　.　.　.

지금 나의 마음은…

손을 편 순간

씨앗은 꽉 쥐고 있으면
심을 수가 없어요. – 아돌포 페레즈 에스키벨(평화운동가)

주먹을 풀고
손바닥을 펴고
씨 하나를 흙 위에 놓는 일은
아주 큰 용기가 필요한 거죠.

아무 일이 없는 것 같아도
무언가 분명히 달라지고 있는 거죠.

그 시작은
싹을 틔어 세상 밖으로 오르게 하죠.

너무 큰 목표 앞에 압도되어 시작조차 못할 때가 있지요. 하지만 작은 변화
가 계속 쌓이면 큰 성과를 이루게 됩니다. 작은 행동을 시작하는 것이 무기
력함에서 벗어나고 삶의 변화를 이루는 첫걸음입니다.

지금 나의 마음은…

나무는 당연해요

나무는
땅을 딛고
하늘로 향합니다. - 칼 융(심리학자)

물을 따라,
뿌리는 흙 속으로 내려가고요.

빛을 따라,
줄기는 하늘 위로 올라가요.

자기 안에
길을 따라 오르내리는ㅡ
나무는 당연해요.

필요한 것들을 자연스럽게 선택하면서 나아가세요. 스스로를 믿고 길을 찾
다 보면 자연스레 성장할 수 있어요.

date   .   .   .

지금 나의 마음은…

뿌리의 기억

오늘 누군가
저 나무 그늘에 앉았다는 건,
오래전 누군가
저 나무를 심었다는 거예요. - 워렌 버핏(기업인)

오늘 심은 한 그루는
언젠가 누군가의
평범한 하루가 되겠지만,

뿌리는
우리가 누구의 그늘이었는지
기억하고 있을 겁니다.

지금의 선택과 행동이 단순히 오늘의 결과만이 아니라, 미래에까지 영향을
미친다는 것을 아는 것이 중요합니다. 현실을 차분히 살아가며 자연스럽게
미래로 서핑하는 사람이 되고 싶습니다. 우리 함께 인생이라는 파도 타기
를 즐겨보는 건 어떨까요?

date　　　.　　.　　.

지금 나의 마음은…

지금 내 자리

산이 너무 높고 가파르면
나무가 자라지 않습니다. –《채근담》

높이 오르는 게
능사가 아니었죠.
너무 가팔라
디딜 흙도, 쉴 바위도 없었습니다.

햇볕은 잘 드는지
바람은 세지 않은지
지금 있는 자리가
뿌리 내리기엔 괜찮은지 살펴야 했어요.

길은 앞에 있었지만
지금 내 자리는,
여기에 놓여 있었습니다.

지금 있는 곳은 충분히 괜찮아요. 높이 오르는 것이 목표가 아닙니다. 지금
서 있는 곳을 잘 살펴보세요. 나의 속도와 균형을 존중하며 천천히, 한 걸음
씩 나아가세요. 급하게 지나치지 말고, 지금 이 순간을 소중히 여기세요.

date　　　.　　.　　.

지금 나의 마음은…

꽃처럼

풀이 분장을 한 거예요.
사랑의 눈으로 바라보면
단박에 꽃이라는 걸
알아차릴 걸요. – 제임스 러셀 로웰(비평가)

내가 원하는 자리에 피면
꽃이라고 부르고,
원하지 않는 자리에 피면
잡초라고 부르잖아요.

오늘,
내가 외면하던 그 풀을
들여다보니
어제 내가 찾던 그 꽃이었어요.

기분이 좋을 때 세상이 밝아 보이고, 스트레스가 많을 때 모든 것이 부정적
으로 보이는 것처럼 사랑과 긍정의 태도를 가지면 같은 세상도 더 아름답
게 보여요.

지금 나의 마음은…

의미가 있으면 큰일 나는 것들

톰 웨이츠(Tom Waits)라는 미국의 싱어송라이터가 있습니다. 제가 참 좋아하는 뮤지션입니다. 영미권에서는 그를 '뮤지션들의 뮤지션'이라고 부를 만큼 많은 아티스트에게 영향을 끼친 인물이기도 하지요.

그의 목소리는 독특한 매력을 가지고 있습니다. 사람들은 그의 목소리를 "자갈을 삼킨 듯한 쉰 음색"이라거나, "위스키와 담배로 숙성된 낮은 울림", 또는 "녹슨 철판을 긁는 듯한 거친 목소리"라고 말할 정도입니다. 저는 이런 목소리에 매료되어 그의 음악을 오랫동안 즐겨 들었습니다. 하지만 생각보다 그의 음악이 국내에는 대중적으로 많이 알려져 있지 않아 팬으로서 속상한 마음도 있었습니다.

문득 저는 톰 웨이츠의 음악을 다른 사람과 공유하면 좋겠다는 생각을 했습니다. 그러고는 저의 작은 사무실에서 음악감상회를 열기로 하고 저의 블로그를 통해 손님을 모집했습니다. 다만, 음악감상회의 참가 신청 조건은 있었습니다. 본인이 마실 술이나 음료를 가져오는 것이었지요.

행사가 있기 며칠 전부터 제 마음은 들떴습니다. 평소에 작업용으로 쓰던 테이블 위에는 그동안 모아온 톰 웨이츠의 앨범과 그와 관련된 자료와 책들을 올려놓았습니다. 음악감상회이니 만큼 한쪽에 보관해두었던 스피커도 잘 들릴 수 있는 자리에 옮겨놓았습니다. 손님들을 위해 부담없이 먹을 수 있는 다과와 음료도 준비했습니다. 가끔 집에서 아이들 생일 때 꺼내 쓰던 휴대용 미러볼도 돌렸습니다. 준비하는 동안 이런 저런 생각에 혼자서 신이 나 히죽히죽 웃고 있는 저를 발견했습니다.

행사 당일, 시간이 다가오자 하나둘 손님들이 공간 안으로 들어오기 시작했습니다. 공지한 대로 손님들은 가방에서 주섬주섬 자신이 마실 맥주 캔을 꺼내 보였습니다.

굳이 낯선 공간에 찾아온 이들과 반색하며 이런 저런 이야기를 나눌 필요는 없었습니다. 이곳에 들어서자 그들은 톰 웨이츠의 음악과 책, 사진집과 포스터에 대부분 시선을 빼앗겨 이 순간을 오롯이 즐기고 있었기 때문입니다. 우리는 두 시간 동안, 약 스무 곡의 톰 웨이츠 노래를 함께 들었습니다.

음악감상회가 중반에 접어들자 분위기는 무르익었습니다. 회전하는 싸구려 미러볼에 맞춰 누군가는 서서 춤을 추었고, 누군가는 톰 웨이츠 콜렉션을 구경했습니다. 또 누군가는 딱딱하고 불편한 의자에 앉아 눈을 감고 음악에 집중했습니다.

음악감상회가 끝나자 몇몇은 잘 들었다고 인사를 하고는 공간을 빠져나갔습니다. 서로 연락처를 주고받는 인사치레는 없었습니다. 그렇게 왔다가 그렇게 돌아가는 것이 더 자연스러운 일입니다. 사람들이 하나둘 돌아갈 때쯤, 참석자 중 한 분이 저에게 다가와 인사를 건네며 물었습니다. 자신은 일간지 기자라고 소개했습니다.

"정말 멋진 시간이었어요. 그런데 왜 이런 자리를 마련하신 건지 궁금해요. 입장료도 받지 않고 다과까지 융숭하게 대접해주시고요. 대부분 오늘 처음 본 분들이잖아요? 준비를 엄청 많이 하신 게 느껴져요. 이 음악감상회를 계기로 어떤 계획이라도 있으신가요?"

기자다운 질문이었습니다. 그가 보기에도 음악감상회가 어떤 의도도 없어 보였던 모양입니다. 혹여나 행사 말미에 영양제라도 팔지 않을까 의심의 눈빛을 거두지 않았을지도 모릅니다. 그런데 마지막까지 톰 웨이츠의 음악을 함께 듣고, 가벼운 인사만 나눈 뒤 헤어지는 것이 전부인 이 행사의 의도가 궁금했던 것입니다. 저는 딱히 할 말을 찾지 못했습니다. 음악감상회의 명분을 생각해본 적이 없기 때문입니다. 제가 좋아하는 음악을 누군가와 함께 듣고 싶었을 뿐입니다. 제가 대답했습니다.

"제가 좋아하는 것을 같이 즐기면 좋잖아요."

썩 세련된 대답은 아니었지요. 하지만 가장 정확한 대답이었습니다. 적어도 제가 좋아하는 것 안에서 이루어지는 모든 행위에는 어떠한 의도도 명분도 없습니다. 의도와 명분이 들어가는 순간 그것을 즐길 수 없습니다. 그날의 음악감상회는 제가 좋아하는 것을 공유할 수 있는 사람들과 온전히 즐길 수 있던 행복한 하루였습니다.

필요한 만큼

넘친다는 건
자연을 거스른다는 것입니다. – 히포크라테스(의학자)

많이 준다고
늘 좋은 건 아닙니다.
주는 일엔 언제나
조율이 필요하지요.

필요한 만큼을 건네는 일.
넘치지 않고 모자라지 않는—
그 여백의 온도를
맞추는 일입니다.

남을 위해 지나치게 희생하면 내가 지치고, 그렇다고 너무 이기적이면 인간관계가 어려워져요. 감정을 억누르면 우울해질 수 있고, 감정을 과하게 표현하면 문제가 생길 수 있답니다. 넘치거나 모자라지 않는 중도의 마음이 중요해요.

date   .   .   .

지금 나의 마음은…

계절의 위안

위안이 돼요.
밤이 가면 새벽이 오고
겨울이 지나면
봄이 온다는 사실이. – 레이첼 카슨(환경운동가)

꽃은 한 번도 계절을 잊지 않았고
바람은 한 번도 순서를 헝클지 않았지요.
그래서 마음을 놓았어요.

지쳐서 멈춘 발 옆으로
어김없이 계절은 지나갔고
그 결을 따라
일어나 다시 걸을 수 있었어요.

불안감을 느끼는 가장 큰 이유 중 하나는 알 수 없는 미래를 자꾸 예측하려
하기 때문입니다. 꼬리에 꼬리를 무는 생각은 걱정과 우려를 초래합니다.
우리는 '지금, 여기에' 있음을 잊지 마세요. 그러기 위해 나만의 하루 루틴
을 만들어 보는 건 어떨까요? 작은 습관이 움직임으로 이어지고 생각에서
빠져나오게 만듭니다.

date . . .

지금 나의 마음은…

흙과의 첫 대화

"어디든 식물을 키울 수만 있다면
정복할 수 있다고 했죠.
나는 화성을 정복했습니다." – 영화 〈마션〉

하지만
식물이 자랄 수 있다면
함께 살 수 있습니다.

생명을 키울 수 있다면
낯선 세계가 아닙니다.

그 땅이 자연이 되었다면
내가 배워야 할 언어가 하나 더 늘어납니다.

흙과 처음 대화하면서
공생이 시작되었습니다.

새로운 환경을 두려워하기보다 탐색하고 도전하려는 의지가 있다면 무엇
이든 극복할 수 있어요. 자신이 변화할 수 있고 적응할 수 있다고 믿는다면
불안은 당연히 줄어들어요. 새로운 상황을 두려움이 아닌, 긍정적인 시선
으로 바라볼 수 있다면 삶에 대한 자신감은 올라갑니다.

date . . .

지금 나의 마음은…

부드러운 힘

가장 단단한 나무가
가장 쉽게 부러집니다. – 브루스 리(무술가)

나무가 너무 억세면
바람을 이기지 못하고
제 몸을 먼저 꺾습니다.

물방울이 똑똑 떨어져
모지락스런* 바위를 깎아내듯

끝내 부러지지 않는 나무가
속은 가장 부드러웠습니다.

*모지락스럽다: 보기에 억세고 모질다

강하기만 하면 쉽게 망가지고 맙니다. 흔들리고 넘어져도 일어날 수 있는
유연성이 필요합니다. 그래야 삶이라는 축제 속에서 즐겁게 춤을 출 수 있
습니다.

date . . .

지금 나의 마음은…

이 새벽

빨리 오세요! 이 새벽을 놓치면 안 돼요.
다시는 이런 일이 없을 거예요. – 조지아 오키프(화가)

하루 중에
조용하면서도
가장 뜨거운 순간,
어둠이 아직 완전히 물러나지 않았고
빛은 이제 막 고개를 들고 있는
이 새벽은,
어제의 그 새벽과는 다릅니다.

서두르세요.
지금만 열리는 이 새벽이에요.

비슷한 경험이라도 같은 순간은 다시 오지 않아요. '언젠가 다시 할 수 있
을 거야'라고 생각하지만, 오늘의 경험은 똑같이 돌아오지 않아요. 새벽은
하루 중에서 가장 드라마틱한 변화가 일어나는 순간이에요. 중요한 기회는
순간 왔다가 사라집니다.

지금 나의 마음은…

거대한 이야기

자연엔 혼자 자라는 건 없습니다.
언제나 앞과 뒤에서, 위로 아래로
서로 엉켜 있지요. – 괴테(소설가)

나비 한 마리가 날갯짓으로 몸을 떨자,
문장 하나가
바람보다 가늘게 고개 넘어
저 너머 숲을 흔들었습니다.
실핏줄처럼
기어이 닿아 있었습니다.
밀고 당기며
생명의 문장을 주고 받았습니다.

나비 한 마리의 날갯짓으로
온 숲을 흔들었던
숨결의 서사입니다.

우리의 감정이나 생각도 다른 사람들과의 관계 속에서 영향을 주고받아요.
중요한 것은, 모든 일이 하나의 큰 그림 속에서 일어난다는 거예요. 그 흐름
에 몸을 맡기세요. 자연과 삶 역시 끝없는 상호작용의 연속입니다.

지금 나의 마음은…

풍경 속

자연은 변하지 않지만
언제나 새롭습니다. - 빅토르 위고(소설가)

언제나 그 자리에 있지만
매순간이 달라서
바람의 결이
물비늘을 바꾸고,
해가 기울면
잎의 그림자는 반대로 누웠습니다.

매일,
작은 차이들이
차곡차곡 쌓이는 풍경 속을
처음으로 다시 걸었습니다.

같은 일상 속에서 우리가 경험하는 감정과 경험은 매번 다르고, 같은 상황
이라도 우리의 마음 조금씩 달라져요. 우리가 느끼는 작은 차이들이 모여,
더 깊고 풍성한 삶의 경험으로 이끌어줍니다.

지금 나의 마음은…

뜰

우리가 좋아하는 꽃도
언젠가는 지고
우리가 싫어하는 잡초는
뽑아내도 다시 자라요. - 도겐(일본 선승)

좋아하든 싫어하든
꽃은 언젠가는 지고
잡초는 틈을 비집고
다시 올라왔습니다.

뜰이라서 그래요.
풀 꽃들이 서로 사부작거리며
함께 피고 지는
뜰이라서 그래요.

살다보면 원하지 않는 일이 자주 생기지요. 이럴 때 상황을 받아들이고 지
나치게 반응하지 않는 것이 중요해요. 잠시 멈추어 서서 마음을 가라앉혀
보세요.

지금 나의 마음은…

발견

자연의 아름다움은
찾아다니지 않아도 됩니다. – 반 고흐(화가)

걷다가 멈춘 자리,
발아래 눕듯이
떨어진 나뭇잎 위에 빗물이 맺혀
바닥에 물 그림자를 그렸습니다.

아름다운 것들은
눈에 띄려고
안간힘을 쓰지 않았습니다.

진즉에,
거기 피어 있는 것들을
알아보았더라면.

작은 것에서 아름다움을 발견하는 것은 삶에서 더 많은 감사할 일을 만드
는 거예요. 매일 감사 일기를 쓰며 한 가지라도 무엇이 감사했는지 생각하
는 시간을 가져보세요.

지금 나의 마음은…

황혼

나뭇잎이 늙어가는 모습은
황홀합니다.
그 마지막 날들은
온통 빛과 색으로 가득찹니다. – 존 버로스(작가)

가을 오후,
햇귀*가 산자락을 쓸고 지나면
나뭇잎이 저마다 불을 밝힙니다.

바람이 살짝,
붉은 빛을 흔듭니다.

저물면서 눈부신,
잎 하나가 완성되었습니다.

*햇귀: 사방으로 뻗치는 햇살

삶의 끝자락에서 느끼는 아름다움은, 지나온 시간이 쌓여 온전하게 피어나
는 순간입니다. 변화와 끝을 두려워 말고, 그 과정에서 발견되는 소중한 빛
을 느껴보세요.

date　　.　　.　　.

지금 나의 마음은…

순환

"우리의 생각이 경계를 긋는 것이지
사실 모든 존재는 어떠한 경계도 없습니다.
이것이 세상의 실제 모습입니다.
새가 열매를 좀 쪼아 먹었다고 해서
열매가 '새야, 너는 내 덕분에 살지?'
이런 생각을 할까요?
새가 열매를 먹고 그 씨를 여기저기 뿌렸다고 해서
'나무야, 내가 너를 엄청나게 번식시켰지?'
이런 생각을 안 하잖아요.
소가 풀을 뜯어 먹고 똥을 누면
그게 거름이 되어서 또 다른 풀이 자랍니다.
자연은 이렇게 서로 돕고 있는 거예요.
전체적으로는 다만 순환하고 있는 것입니다.
실상은 연기되어서 순환하는 것이고,
다만 이동하고 변화할 뿐입니다." – 법륜 스님(수행자)

date . . .

지금 나의 마음은…

Claude Monet
— a visual index

034

Claude Monet, *Impression, Sunrise*, 1872, Oil on canvas, 48×63cm, Musée Marmottan Monet, Paris

070

Claude Monet, *Wheat Field*, 1881, Oil on canvas, 65.7×82cm, Museum Barberini

106

Claude Monet, *Spring(Fruit Trees in Bloom)*, 1873, Oil on canvas, 62.2×100.6cm, The Metropolitan Museum of Art

142

Claude Monet, *Le Bassin aux nymphéas*, 1917~1919, Oil on canvas, 100×200cm, Private Collection

178

Claude Monet, *Palm Trees at Bordighera*, 1884, Oil on canvas, 64.8×81.3cm, Metropolitan Museum of Art

214

Claude Monet, *The Seine at Giverny*, 1897, Oil on canvas, 81.5×100.5cm, National Gallery of Art

250

Claude Monet, *Meadow at Giverny, Morning Effect*, 1888, Oil on canvas, 50×82cm, Private Collection

cover image

Claude Monet, *Landscape:The Parc Monceau*, 1876, Oil on canvas, 59.7×82.6cm, The Metropolitan Museum of Art

쓰는 것만으로 위로가 되는
식물의 말

1판 1쇄 찍음   2025년 4월 30일
1판 1쇄 펴냄   2025년 5월   7일

지은이 신주현(아피스토) · 정진
펴낸이 이정희
디자인 labi.d
마케팅 신보성
제 작   (주)아트인

펴낸곳 미디어샘
출판등록 2009년 11월 11일 제311-2009-33호

주소   03345 서울시 은평구 통일로 856 메트로타워 1117호
전화   02) 355-3922
팩스   02) 6499-3922
전자우편 mdsam@mdsam.net

ISBN 978-89-6857-249-4 03800